朝鮮人筆談并贈答詩

조선인필담병증답시

조선후기 통신사 필담창화집 번역총서 7

朝鮮人筆談并贈答詩

조선인필담병증답시

강지희 · 김유경 역주

보고사

이 역서는 2008년도 정부재원(교육과학기술부 학술연구조성사업비)으로 한국연구재단의 지원을 받아 연구되었음(KRF-2008-322-A00073)

이 번역총서는 2012년도 연세대학교 정책연구비(2012-1-0332) 지원을 받아 편집되었음.

차례

일러두기

1. 통신사 필담창화집 번역총서는 제1차 사행(1607)부터 제12차 사행(1811)까지, 시대순으로 편집하였다.

2. 각권은 번역문, 원문, 영인본의 순서로 편집하였다.

3. 300페이지 내외의 분량을 한 권으로 편집하였으며, 분량이 적은 필담창화집은 두 권을 합해서 편집하고, 방대한 분량의 필담창화집은 권을 나누어 편집하였다.

4. 번역문에서 일본 인명과 지명은 한국 한자음 그대로 표기하고, 처음 나오는 부분의 각주에 일본어 발음을 표기하였다. 그러나 번역자의 견해에 따라 본문에서 일본어 발음대로 표기를 한 경우도 있다.

5. 번역문에서 책명은 『　』, 작품명은 「　」으로 표기하였다.

6. 원문은 표점 입력하였는데, 번역자의 의견에 따라 표기하는 것을 원칙으로 하였지만, 가능하면 한국고전번역원에서 정한 지침을 권장하였다. 이 경우에는 인명, 지명, 국명 같은 고유명사에 밑줄을 그어 독자들이 읽기 쉽게 하였다.

7. 각권은 1차 번역자의 이름으로 출판되었는데, 최종연구성과물에 책임연구원과 공동연구원의 이름이 반드시 들어가야 한다는 한국연구재단의 원칙에 따라 최종 교열책임자의 이름으로 출판되는 책도 있다.

8. 제1차 통신사부터 제12차 통신사에 이르기까지 필담 창화의 특성이 달라지므로, 각 시기 필담 창화의 특성을 밝힌 논문을 대표적인 필담창화집 뒤에 편집하였다.

조선인필담병증답시

朝鮮人筆談幷贈答詩

『조선인필담병증답시(朝鮮人筆談幷贈答詩)』 국립중앙도서관 소장본

　『조선인필담병증답시(朝鮮人筆談幷贈答詩)』는 1682년 제7차 통신사행 당시 교토(京都)와 에도(江戶)에서 이루어진 필담을 모아놓은 책이다. 『조선인필담병증답시』라는 제목의 필담집은 두 가지 간본(刊本)으로 남아 있는데, 내용면에서 약간의 차이가 있다.

　동경도립중앙도서관 소장본을 보면 일본 측 문사로 필담에 참여한 사람은 기노시타 준안[木下順菴]·모카 호리쇼보쿠[蒙窩堀正樸]·구로가와 겐겐(黑川玄建) 등인데, 국립중앙도서관 소장본에는 일본 측 필담참여자가 구마가이 레이사이[熊谷荔齋, 호-了庵]·다키카와 죠스이[瀧川如水, 이름-昌樂]·기노시타 준안·모카 호리쇼보쿠·구로가와 겐겐 등으로 더 다양하다. 동경도립중앙도서관 소장본에는 수록되지 않은 구마가이 레이사이·다키카와 죠스이와의 필담이 들어 있고, 그 중에서도 다키카와 죠스이와의 필담은 분량이 적지 않은 편이다.

　필담에 참여한 조선측 인사로는 제술관 성완(成琓), 서기 이담령(李聃齡), 자제군관 홍세태(洪世泰) 등 3인이 두 간본에 공통적으로 나타나며, 국립중앙도서관 소장본에는 그 외에 상통사(上通事)로 수행했던 안신휘(安愼徽)가 포함되어 있다.

　본고는 국립중앙도서관에 소장되어 있는『조선인필담병증답시』를 대본으로 하였다. 수록내용의 순서를 보면 조선에서 온 세 사신의 성명과 관위 및 관직, 8월 7일 교토에서 구마가이 레이사이와 성완·홍세태·이담령이 나눈 창수시, 9월 29일 교토에서 다키카와 죠스이와 홍세태·성완·이담령·안신휘가 나눈 창수시와 필담, 8월 26일 에도에서 기노시타 준안과 성완·홍세태가 나눈 필담과 창수시, 조선 국왕이 일본에 보낸 선물 목록, 일본에서 조선 국왕에게 보내는 선물 목록, 중국어 통역, 8월 26일 모카 호리쇼보쿠·구로가와 겐겐이 성완과 나눈 필담과 창수시 등으로 구성되어 있다.

　이 중 필담집의 첫 시작부터 9월 29일 다키카와 죠스이와 나눈 창수시와 필담이 끝나는 부분까지는 1682년 사행 때 제작된 또 다른 필담창수집『상한필어창화집(桑韓筆語唱和集)』과 내용이 동일하다. 이『상한필어창화집』은 현재 일본 동경도립중앙도서관(東京都立中央圖書館)에 소장되어 있다. 국립중앙도서관 소장본『조선인필담병증답시』를 보면 9월 29일 다키카와 죠스이와의 필담이 끝나는 말미에 '상한필어창화집종(桑韓筆語唱和集終)'이라고 씌어 있다. 즉『상한필어창화집』뒤에 기노시타 준안과의 필담과 창수시, 조선과 일본이 양국에 보내는 진물(進物)의 목록을 덧붙이고 여타 일본 측 문사들과 조선 측 문사들이 주고받은 약간의 시편을 추가하여 편집한 것이『조선인필담병증답시』인 것이다.

　또한 구마가이 레이사이·다키카와 죠스이와의 필담은 본 자료에만 있는 내용이며, 기노시타 준안과의 필담은 9월 6일자로 실려 있는데, 이는 동경도립중앙도서관 소장본『조선인필담병증답시』의 8월 6일자의 기록 및 이때 제작된 또 다른 필담창수집인 『목하순암고(木下順菴稿)』의 8월 26일자의 기록과 내용이 거의 일치한다. 본래는 8월 26일에 필담이 이루어진 것이 맞는데, 책을 간행하는 과정에서 약간의 착오가 있었던 듯하다.

앞에서도 살펴보았듯이 『조선인필담병증답시』는 1682년 통신사행에서 정사나 부사가 아닌 제술관·자제군관·서기·역관 등과 같은 수행원들이 일본 측 문사들과 나눈 필담이 수록되어 있다. 특히 일본 측 문사인 다키카와 죠스이는 시만 주고받은 것이 아니라 『주역(周易)』 『춘추(春秋)』 『시경(詩經)』과 같은 경전 주석의 문제점이나, 시와 음악에 관련된 중국 서적에 대해 심도 있는 질문을 던지고 있는 것이 주목된다. 그는 당시 일본에서 큰 유학자로 명성이 있었던 에도의 기노시타 준안이 자신과 같은 동문(同門)임을 언급하면서 적극적으로 조선 측 문사들에게 필담을 요청하였다. 다키카와의 질문이 방대하고 장황한 데 비해서 조선 측 문사의 답변은 대체로 매우 간략하다. 그런데도 그는 자신이 가진 온갖 지식을 동원하여 다양한 질문들을 이어나갔다. 이는 반드시 조선 측 문사들에게 자신의 의문점을 해결해 줄 것을 기대해서 질문을 했다기보다는 자신이 가진 지식을 그들에게 과시하고자 했다는 인상을 준다. 일본인들의 문화교류에 대한 요구에 부응해서 처음으로 제술관이 파견된 것이 1682년 통신사행의 특징적 면모임을 떠올려 볼 때, 다키카와와 같은 일본의 평범한 유자들이 이런 적극적인 태도로 당시 조선 문사들과의 필담창수를 시도했던 모습은 그들의 문화와 지식에 대한 열망이 어느 정도였던가를 가늠하게 해준다.

조선인필담병증답시

증답시 목록

1. 임춘상(林春常)이 필담하고 주고받은 시
1. 인견우원(人見友元)[1]이 주고받은 시
1. 산전원흠(山田元欽)이 주고받은 시
1. 동복사(東福寺) 장로(長老)들이 세 사신과 주고받은 시
1. 여러 나라 사람과 필담으로 주고받은 시

조선국[2]

정사(正使)

통정대부(通政大夫) 이조참의(吏曹參議) 지제교(知製敎) 윤지완(尹趾完)[3]

부사(副使)

통훈대부(通訓大夫) 홍문관(弘文館) 전한(典翰) 지제교 겸 경연(經筵)

시강관(侍講官) 춘추관(春秋館) 편수관(編修官) 이언강(李彦綱)[4]

종사(從使)

통훈대부(通訓大夫) 홍문관 교리(校理) 지제교 겸 경연 시독관(侍讀官)

---

1 원문에는 '人見友玄'이라고 되어 있으나, 히토미 유겐[人見友元]이 옳다.
2 목록의 '세 사신의 성명과 관위 및 관직'을 기술한 부분이다.
3 윤지완(尹趾完, 1635~1718) : 본관은 파평(坡平). 자는 숙린(叔麟), 호는 동산(東山).
1657년(효종 8) 사마시를 거쳐, 1662년(현종 3) 증광 문과에 을과로 급제해, 설서·헌납·
부수찬 등을 지냈다. 1694년 갑술환국(甲戌換局) 이후 좌참찬·우의정 등을 지냈다. 숙종
대의 소론 탕평파 대신이었으며, 숙종의 묘정에 배향되었고, 시호는 충정(忠正)이다.
4 이언강(李彦綱, 1648~1716) : 본관은 전주(全州). 자는 계심(季心), 호는 노호(鷺湖).
숙종대에 한성판윤을 거쳐 1710년 형조판서가 되었다. 시호는 정효(貞孝)이다.

춘추관(春秋館) 기주(記註) 박경후(朴慶後)[5]

　　동지(同知) 박재흥(朴再興)[6]

　　첨지(僉知) 변승업(卞承業)[7]

　　첨지(僉知) 홍우재(洪禹載)[8]

　　△ 유사(儒士)

　　학사(學士) 성완(成琬)[9] 제술관(製述官) 성균관(成均館) 진사(進士)

　　상판사(上判事) 전(前) 주부(主簿) 안신휘(安愼徽)[10]

　　이담령(李聃齡)[11]

　　홍세태(洪世泰)[12] 첨정(僉正)

---

5 박경후(朴慶後, 1644~1706) : 본관은 함양(咸陽). 자는 휴경(休卿), 호는 취옹(醉翁)·
만오(晩悟)·죽암(竹菴). 1669년(현종 10) 생원시에 합격하였으며, 1675년(숙종 1) 증광
문과에서 병과에 급제하였다. 승정원 주서·홍문관 수찬·사간원 정언 등 삼사(三司)의
요직을 두루 역임하였다.

6 박재흥(朴再興, 1645~?) : 본관은 무안(務安), 자 중기(仲起), 1663년 식년시 역과에
합격하였다.

7 변승업(卞承業, 1623~?) : 본관은 밀양(密陽), 자 선행(善行), 1645년 식년시 역과에
합격하였다.

8 홍우재(洪禹載, 1644~?) : 본관은 남양(南陽), 자 정서(廷瑞), 1666년 식년시 역과에
합격하였다.

9 성완(成琬, 1639~?) : 본관은 창녕(昌寧), 자 백규(伯圭), 호 취허(翠虛). 1666년 식년
시 진사(進士). 『취허집(翠虛集)』 4권 2책이 국립중앙도서관에 소장되어 있다.

10 안신휘(安愼徽, 1640~?) : 본관은 순흥(順興), 자 백륜(伯倫), 1662년 증광시 역과에
합격하였다.

11 이담령(李聃齡, 1652~?) : 본관은 경주(慶州), 자 이노(耳老), 호 붕명(鵬溟). 1679년
식년시에서 진사(進士)가 되었다.

12 홍세태(洪世泰, 1653~1725) : 자 내숙(來叔), 호 창랑(滄浪), 중인(中人) 출신 무관(武
官)의 자손이었으나 일찍부터 시재(詩才)가 뛰어나 김석주(金錫胄), 김창협(金昌協), 최

전 직장(直長) 정문수(鄭文秀)[13]

전 정(正) 유이관(劉以寬)[14]

천화(天和) 2년[15] 임술(壬戌) 8월 7일

조선 성균관 진사 성취허·이반곡 두 학사(學士)[16]와 홍창랑 첨
정(僉正)[17]을 만나서 감사한 마음으로 올립니다
奉呈朝鮮成均館進士成翠虛李盤谷兩學士洪滄浪僉正以謝面晤

요암(了菴)[18] 입한(立閑)의 일[19]

푸른 발을 드리운 하얀 배가 삼한에서 왔는데　　　靑簾白舫自三韓

창대(崔昌大) 등 사대부들과 교류하였고, 또한 비슷한 신분의 여항시인과도 시회(詩會)
활동을 통해 교류를 맺었다. 생전에 편찬, 간행한 『해동유주(海東遺珠)』는 조선 후기 최
초의 여항(閭巷) 시집이다. 문집으로 『유하집(柳下集)』이 있다.

13 정문수(鄭文秀, 1626~?) : 본관은 온양(溫陽), 자 자화(子和), 1662년 증광시 역과에
합격하였다.

14 유이관(劉以寬, 1636~?) : 본관은 평산(平山), 자 자요(子饒), 1651년 식년시 역과에
합격하였다. 한학(漢學)을 전공하였다.

15 천화(天和) 2년 : 1682년. '천화'는 일본 제112대 영원천황(靈元天皇)의 연호로 1681
~1684년에 쓰였다.

16 두 학사(學士) : 제술관 성완과 종사관 서기 이담령을 가리킨다.

17 홍창랑 첨정(僉正) : 자제군관 홍세태를 가리킨다.

18 요암(了菴) : 웅곡여재(熊谷荔齋, 구마가이 레이사이, ?~?)를 가리킨다. 요암(了菴)은
그의 별호이고 이름은 입한(立閑)이다. 경도(京都) 사람이며, 웅곡활수(熊谷活水, 구마
가이 갓스이)의 아들이다. 생몰년 미상이나 대략 정향(貞享) 연간(1684~1688)에 활동한
것으로 보인다.

19 목록에서 '웅곡요암(熊谷了庵)의 증답시'라고 한 부분이다.

빼어난 인물 멀리서 오는 길이 험하셨겠구려　　　　俊彩遙馳行路難
이국땅 손님을 맞는데 어찌 누추함이 있겠습니까　　殊域迎賓何有陋
다행히 군자도 있고 국풍도 넉넉하답니다　　　　　幸存君子國風寬

요암이 지은 시에 차운하며
次韻了菴詞案

성취허

먼 하늘에 뱃길로 부상과 삼한[20]이 이어지니　　　　天遙鴿路接桑韓
만 리의 바람과 파도는 옛날에도 또한 어려웠지요　　萬里風濤古亦難
이역에서 상봉한 것은 참으로 운수 있는 일　　　　　域外相逢眞有數
시름 잊는데 어찌 술잔이 넉넉할 필요 있겠습니까　　消愁何待酒盃寬

요암이 보여준 운에 감사한 마음을 담아
奉謝了菴示韻

홍창랑

팔월에 사신 배 타고 멀리 삼한에서 오니　　　　　八月星槎遠自韓
한 척 돛단배 풍랑으로 고생 실컷 했답니다　　　　一帆風浪飽艱難
선방(禪房)의 창문 해 밝고 부들자리 고요하니　　　禪窓白日蒲團靜

---

20 부상과 삼한 : '상한(桑韓)'은 부상(扶桑)과 삼한(三韓)을 줄인 것으로서, 일본과 조선
  을 가리킨다.

나그네의 근심스런 마음이 잠시 넉넉해는군요　　　　客裡愁情得暫寬

위와 같음
同

이반곡

성긴 창에서 다행히 한형주 알게 됨[21]을 기뻐하니　自喜疎牖幸識韓
세상의 기이한 만남은 예로부터 어려웠지요　　　世間奇會古來難
맑은 이야기에 나도 몰래 일산 자주 기울이니[22]　清談不覺頻傾蓋
나그네 품은 근심이 문득 풀리는군요　　　　　客裡愁懷頓爲寬

요암이 지은 시에 감사한 마음을 담아
奉謝了菴詞案

이반곡

선공[23]의 문장이 일본에서 유명한데　　　　先公翰墨鳴桑域
사랑스런 아들의 높은 이름이 선친만 못하지 않네요 愛子高名不忝先

---

21 한형주 알게 됨 : '식한(識韓)'은 형주자사 한조종(韓祖宗)을 알게 되었다는 의미로, 귀인을 알게 됨을 뜻한다. 이백이 한조종에게 보내는 글에 "한평생 만호후에 봉해질 필요 없이, 다만 한 형주를 한 번 만나 보았으면[生不用封萬戶侯, 但願一識韓荊州.]"이라고 하였다.

22 일산 자주 기울이니 : '경개(傾蓋)'는 수레를 멈추고 덮개를 기울인다는 뜻으로, 우연히 한 번 보고 서로 친해지는 것을 말한다. 공자가 길을 가다 정본(程本)을 만나 수레의 덮개를 젖히고 정답게 이야기를 나누었다는 데서 유래한다.

23 선공(先公) : 요암(了菴)의 아버지 웅천활수(熊川活水, 구마가와 갓스이)를 가리킨다.

문하에서 출세한 사람이 예로부터 있었지만　　　　門下登龍有舊客
소산²⁴의 문채가 제현 중에 으뜸이구려　　　　小山文彩冠諸賢

진사 이반곡이 보여준 시에 감사의 마음으로 차운하여
次韻謝李盤谷進士示詞

요암

같은 자리에서 한번 만나니 이역이 따로 없는데　一面同堂無異域
큰 재주 우러러 볼 기회를 가장 먼저 얻었네요　鴻才仰見最占先
부끄럽게도 이제 볼품없는 재주로 훌륭한 시 대하니　羞今樗散對騷老
죽림에 있던 옛날의 현인만은 못하답니다　　不似竹林千古賢

객헌공이 보여준 운을 따라
次客軒公示韻

홍창랑

바다 서쪽 끝에서 사신으로 왔는데　　　　星槎來自海西涯
우연히 만나게 될 줄 누가 알았겠습니까　誰料萍蓬會合諧
마음으로 맺는 사귐 기약 없었고 언어도 다르지만　心契不期言語異
부들자리 깔린 집에서 한번 대하고 마음을 엽니다　蒲堂一對且開懷

---

24 소산(小山) : 대마도 서승(書僧) 소산조삼(小山朝三, 고야마 도모카즈)을 가리킨다.
　이름은 현상(玄常)이고 호는 매산(梅山)이다. 대마도주의 문서를 주관하였다.

천화(天和) 2년 임술(壬戌) 9월 29일

경도(京都) 본국사(本國寺)[25]에서 조선국 학사 성완 및 홍세태·안신재·이담령이 작비암 농천창락(瀧川昌樂)[26]과 필담하다

창랑(滄浪) 홍공(洪公)께서 읊으시는 시단(詩壇)에 받들어 올립니다. 복건(幅巾)을 쓴 처사(處士) 농천 작비암 수유자가 삼가 아룁니다.

1. 8월 상순, 공이 동쪽으로 떠나시기 전에 처음으로 만나 맑은 모습을 뵈었는데, 훌륭한 분을 처음 뵈었을 때 마치 용문에 오른 것처럼 뛸 뜻이 기뻐하고도 남음이 있었습니다. 선생과의 교유를 맺은 것은 마치 우물 안의 개구리가 구름 속의 용을 만난 것과 같아서, 버림받지 않았으니 이처럼 다행스러운 일이 어디에 있겠습니까? 역관(譯官)을 통해서 뵙는 것은 너무 먼 것 같습니다. 그래서 관성자(管城子)와 저선생(楮先生)[27]을 가지고 필담하여 역관을 대신해서 정을 나누고 싶습니다.

1. 공 및 학사·유사의 성씨·자·존호를 써서 보여주시기 바랍니다.

---

25 본국사(本國寺) : 교토에 있는 일련종(日蓮宗)의 대본산(大本山). 가마쿠라막부가 망하고 정권이 교토로 넘어온 정화(貞和) 원년(1345)에 건립되었다. 교토에서의 통신사 숙소로 사용되었다.

26 농천창락(瀧川昌樂, ?~?) : 농천여수(瀧川如水, 다키카와 죠스이)를 가리킨다. 이름은 창락(昌樂), 자는 수유(隨有)이다. 송영척오(松永尺五, 마쓰나가 세키고) 또는 굴행암(堀杏庵, 호리 교안)에게 정주학을 배웠다고 한다.

27 관성자(管城子)와 저선생(楮先生) : 붓과 종이를 의인화하여 부르는 명칭. 중국 당나라 한유(韓愈)의 「모영전(毛穎傳)」에서 붓을 의인화한 데서 유래한다.

답 / 홍창랑

학사 제술관 성균관 진사 성완(成琓) 호 취헌(翠軒), 또는 호 해월헌(海月軒).

상판사 전 주부 안신휘(安愼徽), 호는 신재(愼齋).

전 직장 정문수(鄭文秀).

전 정 유이관(劉以寬).

이담령(李聃齡) 호 붕명(鵬溟)·담주거사(潭洲居士)·반곡(盤谷).

홍세태(洪世泰) 첨정, 호 창랑자(滄浪子).

사자관의 성명과 존호는 어떠합니까? 보여 주십시오.

이삼석(李三錫) 호 설월당(雪月堂), 이설봉(李雪峯)의 아들.

이화립(李華立) 호 한송재(寒松齋).

1. 멀리서 듣건대, 조선은 주(周)의 구방(舊邦)이었는데, 주나라 때 은(殷)의 태사(太師)를 봉하여서, 예의(禮義)와 농사 및 양잠을 가르치고, 8조의 가르침을 지어주니, 문을 닫아걸지 않아도 사람들이 도둑질과 싸움을 하지 않았다고 하였습니다. 일찍이 무왕(武王) 때 기자(箕子)를 봉하여 성인(聖人)의 나라와 가까워지고, 성인의 신민이 되었다는 것입니다. 그 뒤로 임금과 백성이 그 유풍에 감화되고 어진 이의 은혜를 입어서, 인을 실천하고 의(義)를 지키며 지금까지도 공자와 맹자의 가르침을 흠모하여 그것이 쇠퇴하지 않았으며, 하(夏)와 주(周)의 학술이 사라지지 않았다고 합니다. 지금 일본의 후학이 귀국을 사모하는 것은 성현의 유풍이 있기 때문입니다.

1. 지금 세 사신 및 그대와 성학사, 그리고 호종(扈從)하면서 길을

트는 상하 관인들이 천리의 고래 같은 파도를 넘고 백리의 험한 땅을
지나서 멀고도 먼 역정과 해로를 아무 탈 없이 지나 동무(東武)[28]에
도착하였습니다. 이웃나라 사이에 빙문하는 예를 마쳤으니, 돌아가
실 때 몸을 보중하시면 매우 다행이겠습니다. 매우 축원하옵니다.

답 / 홍창랑

공이 말씀하신 것처럼 세 사신과 상하 관인들, 대마도 태수는 별 일
없이 바다와 육지를 안전하게 지나서 봉래산의 동무에 도착하였고,
이웃나라와 맹약을 맺는 예를 마치고 서쪽으로 화려한 낙양(洛陽)[29]
에 들어왔습니다. 귀국 역시 가까우니 매우 다행입니다.

1. 제 동문의 고제인 목하순암(木下順菴)[30]이 동무에 있는데, 공(公)
및 성균관 학사와 필담도 하고 시편도 주고받으며 두 나라 사람들이
서로 정(情)을 나누었더군요. 뛸 듯이 기뻐한 나머지 며칠 전 동무에
서 제게 편지를 보내 알렸는데 그 주고받은 아름다운 시편들이 있었
습니다. 손을 씻고 양치를 한 후 세 번 거듭 읊었으며, 한번 노래하여
세 번 감탄하고자 했으니 바로 제가 원했던 것입니다.

---

28 동무(東武) : 막부장군(幕府將軍)이 있는 에도(江戶)를 가리킨다. 일본 천황(天皇)이
　있는 교토(京都)의 동쪽에 있는 무가(武家)라는 뜻에서 '동무'라 하였다.
29 낙양(洛陽) : 주(周)나라의 수도인데, 수도의 범칭으로 사용된다. 여기에서는 천황의
　수도인 교토를 가리킨다.
30 목하순암(木下順菴, 기노시타 준안, 1621~1698) : 이름은 진간(眞幹), 자는 직부(直
　夫), 소자(小字)는 평지윤(平之允), 호는 금리(錦里) 또는 순암(順庵), 교토(京都) 사람
　이고, 막부의 유관(儒官)이었다.

답 / 홍창랑자

말씀하신 대로 공의 동문인 목하순암은 동무에서 큰 유학자입니다. 필담을 해보았더니 폭넓은 견문과 지식을 가진 훌륭한 인재라, 중화(中華)와 이적(夷狄)을 막론하고 드물게 있는 진정한 유자였습니다. 또한 시와 문장을 주고받으면서 반갑게 맞아주고 돌아보아 주시니, 기쁘고 매우 다행이었습니다. 귀국해서 조정으로 돌아갈 때 도움이 되기를 더욱 바랍니다.

1. 삼가 성균관 공과 이붕명 공, 안신재 공 등 서너 분 공들의 숙소에 작은 시를 올리고, 화답시 받기를 간절히 원합니다. 또한 전고(典故)에 대해 의문 나는 문장 몇 가지를 묻고자 하여, 통역관 없이 성 학사의 여관으로 갔는데 한스럽게도 만나지 못했습니다. 공의 소개(紹介)에 달려 있다고 조심스럽게 말씀드릴 뿐입니다. 예가 아니라고 탓하지 마시고 추천해주시기 바랍니다.

답 / 홍창랑

성완·이담령·안신휘·홍우재 등 서너 사람에게 보내는 아름다운 시 몇 수와 전고에 관한 의심나는 문장 몇 가지를 성 학사와 이·안 두 학생에게 주어서 엄격한 운율로 화답하라고 했습니다.

1. 일본의 특산물인 담뱃대와 일본 부채를 부족하나마 여관 아래에 드리오니, 선물이 박하다고 말하지 마시고 가볍다고 비난하지 말아주십시오. 혹은 여행길에 시를 짓는 도구가 되고, 혹은 다시 만나자는 기약이 될 것입니다. 하나는 어진 풍모를 사모하는 것이고, 하나

는 가볍게 전별하는 작은 마음을 표현한 것입니다.

답 / 홍창랑

일본의 특산물 두 점을 선물 받았으니 마땅히 세 관사에게 전달하겠습니다. 그런데 우리나라의 엄한 법률에 의하면 비록 아무리 하찮은 폐물이라도 다른 사람에게 받지 못합니다. 게다가 지금은 환벽(還璧)[31]하는 지경에 이르렀으니, 감사만을 오직 드릴 뿐입니다.

창랑 홍공에게 올리는 시편
呈上滄浪洪公玉詞案

작비암(昨非菴) 농천창락(瀧川昌樂)

노숙하고 풀밭 걸으며 역참에서 시 읊으니	露宿草行吟驛亭
파발마로 명을 전하여 옛 맹세가 향기롭네요	置郵傳命舊盟馨
천봉과 만학 아름다운 경치에 말을 달리며	千峯萬壑驅佳景
삼도와 십주에서 땅의 영기를 찾아보셨겠지요	三島十洲尋地靈
이역에서 담담하게 만나니 바람이 버들가지 휘감듯	異域淡交縕風柳
동쪽으로 흘러와 노닐다가 부평초처럼 만났군요	東流遊會遂浮萍
오늘밤 부상에 덕성[32]이 모였으니	扶桑今夜德星聚

---

31 환벽(還璧) : 주환벽귀(珠還璧歸). 후한(後漢) 맹상(孟嘗)이 수령이 되어 선정을 베풀자, 이전에 떠났던 진주조개가 다시 되돌아왔다는 고사에서 유래한 말로 벼슬아치의 청렴함을 이른다.

32 덕성(德星) : 목성(木星)이며 상서로운 표시로 나타나는 별이다. 혹은 서성(瑞星), 즉 현인(賢人)을 비유(比喩)하는 말이기도 하다.

홀연 하늘[33]의 해 달 별처럼 빛나는구려 　　　　忽輝人天日月星

또
又

　　　　　　　　　　　　　　　　　농천창락이 재빨리 쓰다

멀리 고향을 떠나 봉래산 궁전으로 들어왔지만 　　遠離鄕國入蓬宮
꿈은 계림을 맴돌아 그대의 아버지를 만나셨지요 　夢遶鷄林對乃翁
이리저리 얘기 나누는 친척들 모임이었었는데 　　東話西談親戚會
종소리에 놀라 깨어보니 일본이셨지요 　　　　　鐘聲呼覺日桑中

수재 농천창락이 보여준 시에 차운하며
次韻謝瀧川昌樂秀才示詞

　　　　　　　　　　　　　　　　　　　　홍창랑

왕풍이 일본 이 지역에 남아 있음을 알았으니 　　正識王風殘桑域
시편의 글자마다 향나무를 자른 것 같네요 　　　詩篇字字折檀馨
정관의 주역이 동해로 전해졌고[34] 　　　　　丁寬周易傳東海
왕안석 춘추의 신묘한 영기가 여기에 있군요 　　安石春秋有妙靈

---

33 하늘 : '인천(人天)'은 불교 용어로 육도(六道) 윤회 중 인도(人道)와 천도(天道) 또는
　중생을 가리킨다.
34 정관의……전해졌고 : 한(漢)의 정관(丁寬)이 전하(田何)에게서 역(易)을 배웠는데, 그
　가 학문이 성취된 후 전하를 하직하고 동으로 돌아가자 전하가 말하기를, "역이 이제 동으
　로 가버렸다" 하였다. (『한서(漢書)』 「정관전(丁寬傳)」)

청안의 옥인 같은 그대 연약한 버들가지 같고　　　　靑眼玉人隨弱柳

덧없는 인생 사신배 탄 나그네는 부평초 같습니다　　浮生槎客似蓬萍

객성이 황제의 자리 범하듯[35] 겸양이 지나쳐　　　　如侵帝座誇襄禮

덕성에 비기는 헛된 이름을 얻었네요　　　　　　　　惹得虛名比德星

다시 차운하며
又次韻

같음

일찍이 들으니 서씨가 봉래산 궁전으로 들어가　　　曾聞徐氏入蓬宮

선약은 못 구하고 남녀 아이들만 있었다지요[36]　　仙藥不求男女童

어질고 의로운 변방의 나라 뛰어난 솜씨　　　　　　仁義國邊製鯨手

옥 같은 시들을 보니 부상의 이백 두보로구려　　　　扶桑李杜玉詩中

---

35 객성이……범하듯 : 동한(東漢) 때 엄광(嚴光)이 광무제(光武帝)의 친구로서 함께 자면서 천자의 몸에다 발을 얹었더니, 태사가 "객성이 자미성을 범했다"고 했다는 고사가 있다.

36 선약은……있었다지요: BC 221년(시황 26년)에 6국을 복속하고 중국을 천하 통일한 진나라의 시황은 불로장생을 누리기 위해 신하들을 사방으로 보내어 불로초를 구해오게 하였으나, 얻지 못하였다. 제나라 출신의 서불(徐福)은 자기가 불로초를 구하러 가야 할 차례임을 알고 기원전 219년(시황 28년) 진시황제에게 상소를 올렸다. "저멀리 바다 건너 봉래(蓬萊), 방장(方丈), 영주(瀛洲)의 삼신산(三神山)에 신선이 사는데, 동남동녀를 데리고 가서 모셔오고자 합니다." 이에 시황은 크게 기뻐하여 동남동녀 수천을 뽑아 그에게 주고 바다로 나가 신선을 찾아오게 하였다. (『史記』「秦始皇本紀」) 기원전 219~210년 사이 그는 두 번에 걸쳐 여행을 떠났다. 그의 여행에는 60척의 배와 5,000명의 일행, 3,000명의 동남동녀와 각각 다른 분야의 장인들이 동반했다고 한다. 그의 행적은 지금의 한국을 거쳐, 일본까지 폭넓게 이어졌는데, 기원전 210년 그는 진황도를 떠나 다시는 돌아오지 않았다.

성균관 학사 시단(詩壇)에 부쳐
奉寄成均館學士吟詞壇

농천창락

여러 번 통역 거쳐 배 타고 와서 옛 인연 맺으니	重譯乘槎修舊盟
부상의 다양한 풍경이 빈객의 마음 위로해 주길	扶桑多景慰賓情
하늘이 구역을 삼켜 나라가 냉이 같고	天吞九域邦如薺
일렁이는 파도 속에 삼신산이 부평초 같습니다	浪簸三山島似萍
서불은 신선 되어 방장산으로 달아났고	徐福化仙逃方丈
송렴37은 구절 다듬어 봉래 영주를 시로 남겼지요	宋濂練句題蓬瀛
태양은 바다 위로 떠올라 양곡38을 떠나고	日浮海上離暘谷
달은 풀 숲 사이로 솟아 무성에서 빛나는군요	月出草中輝武城

또
又

같음

먼 나무 하늘에 떠있고 배는 거울 위에 앉았으니	遠木浮天船坐鏡
강산의 경치 즐겨 시구마다 사람을 놀래키네	江山耽景句驚人

---

37 송렴(宋濂, 1310~1381) : 중국 명대(明代) 초기의 문학가. 자는 경렴(景濂), 호는 잠계(潛溪), 시호는 문헌(文憲). 명초에 강남유학제거(江南儒學提擧)로 초빙되어 태자에게 경서를 가르쳤고, 후에 칙명을 받들어 『원사(元史)』 편찬을 총괄했다. 저서가 많으며 고아하고 정결한 산문으로 당대에 이름을 날렸다. 저서로 『송학사문집(宋學士文集)』이 있다.

38 양곡(暘谷) : 해가 떠오르는 곳이라는 전설상의 골짜기이다.

봉래산 신선 동굴에 좋은 날 밤	蓬萊仙窟良辰夜
동쪽에 떠오르는 둥근 달 하나	換得遼東月一輪

유백(儒伯) 농천창락의 시에 감사하며 차운하다
次詩礎 謝瀧川昌樂儒伯詞案

성취허

뜻하지 않게 나그네 되어 시로 맹약 맺으니	不圖爲客結詩盟
겸양의 예절 은근해 제왕의 서울에서 노니는 듯	讓禮慇懃遊帝京
두 눈에 보이는 봉래산은 만 필의 단풍 비단이요	雙眼蓬萊萬楓錦
가벼운 몸은 호수와 바다 위 부평초입니다	輕身湖海一浮苹
구연의 전함은 몽고 군대 익사시키고	九淵戰艦溺蒙古
만 리의 석교는 진시황의 영주산을 비웃는군요	萬里石橋嘲始瀛
백승은 자랑할 것도 없고 또 좋은 것도 아니라며	百勝不高又非善
태평 이룬 신무 천황이 누성을 쌓았구려	太平神武搆樓城

또 화답한 시
又和

같음

항상 마음의 덕 밝혀 명경 같이 하려 하지만	常明心德若明鏡
자연에서 늙은 사람이라 군신 보기 부끄럽다오	恥見君臣園衰人
부귀는 하늘에 달렸고 생사는 운명이니	富貴有天死生命

세간의 화복은 돌고 도는 수레바퀴지요   世間禍福轉車輪

여관에서 시를 지은 붕명 이공에게 드리며
奉呈鵬溟李公吟旅館

농천창락

큰 붕새 날개를 펴 봉래산과 영주산으로 옮겨오니   大鵬振翅徙蓬瀛
장자와 노자의 유풍이 옥경[39]에서 으뜸이구려   莊老遺風冠玉京
문장은 구양수 소동파를 좇아 수레 위에서 읊고   文逐歐蘇吟駕上
시는 이백과 두보 삼켜 책의 성을 쌓았군요   詩呑李杜攻書城
동무에서 수레 멈추고 앉아서 꽃에 취하는데   轅停東武坐花醉
배는 봉래산을 휘돌아 달빛을 실어오네요   船遶蓬壺載月明
말이 통하지 않는다고 어찌 한스러울까요   言語不通何亦恨
글로 써서 시로 맹약 맺을 텐데   惟將鉛槧結騷盟

또
又

같음

강에서 낚시하는 일을 왜 삼공과 바꾸겠습니까   釣江何事換三公
울퉁불퉁한 산봉우리 모습이 저렇게 아름다운데   凹凸巒圖更不工

---

39 옥경(玉京) : 도가(道家)에서 이른바 천제(天帝)가 있다는 황도(皇都)를 말한다.

역로 지나고 관선 타느라 말발굽에 병이 났지만   驛路官船馬蹄疾
하루아침에 만 개의 산 단풍을 다 보았을 테지요   一朝看盡萬山楓

농천 수유헌의 시에 차운하며
次韻瀧川隨有軒詞案

이반곡

멀리 고향을 떠나 푸른빛 바다 위에 떠 있는데   遠去故園浮翠瀛
꿈속의 혼이 나보다 먼저 서울에 이르렀네요   夢魂先我到華京
팔주와 삼신산에 있는 신선의 궁전이요   八洲三島神仙殿
칠보와 팔진미가 있는 극락의 성입니다   七寶八珍極樂城
홀로 앉고 홀로 행함은 소강절[40]을 배운 것이요   獨坐獨行學康節
어제 틀렸고 오늘 옳다는[41] 도연명 사모하니   昨非今是慕淵明
오풍십우[42]로 태평한 세월   五風十雨太平象
이웃나라에 예의를 다해서 옛 동맹을 맺으리   隣國禮讓修舊盟

---

40 소강절(邵康節, 1011~1077) : 중국 송(宋)나라 때의 유학자(儒學者). 이름은 옹(雍), 자는 요부(堯夫). 강절은 시호(諡號)이다. 하남(河南) 사람. 이정지(李挺之)에게 도가의 도서선천상수(圖書先天象數)의 학을 배워 신비적인 수리 학설(學說)을 세웠다. 저서로는 『황극경세서(皇極經世書)』『격양집(擊壤集)』이 있다.

41 어제……옳다는 : 도잠(陶潛)의 「귀거래사(歸去來辭)」에 "실로 길을 헤맸으나 아직 멀리 가진 않았으니, 지금이 옳고 어제가 틀렸음을 깨달았노라[實迷途其未遠, 覺今是而昨非.]"라고 한 데서 온 말이다.

42 오풍십우(五風十雨) : 닷새에 한 번씩 바람이 불고 열흘 만에 한 번씩 비가 온다는 뜻으로, 정치(政治)가 잘 되어 세월이 태평함을 비유한다.

또 차운하며
又次

같음

환하고 둥근 옥처럼 해와 달 하늘을 돌고 있건만	脩環日月遶天公
아름다운 경치 그리는 데 게을러 병든 화공 같다오	佳景懶圖病畵工
해 뜨는 골짜기의 부사산 어떻게 그리랴	暘谷士峯何染盡
돌아가는 배에는 신선의 산 단풍을 싣기 어려우니	歸船難載島山楓

거친 시 두 편을 성균관 해월헌 공에게 드리고, 아울러 일본 부채 두 자루와 담뱃대 한 쌍을 떠나는 수레 아래 바치며
呈上野詩二篇成均館海月軒公 幷獻日本扇二柄吹煙管一雙征駕下

수유헌 창락

성대한 명성이 귀를 울려 일본에까지 들렸는데	盛名轟耳聞桑域
반가운 눈빛 속에 비로소 시로 맹약 맺었군요	始結騷盟靑眼中
봉래산에서 시를 재촉하고자 담뱃대 드리고	壺島催詩吹煙管
일본 부채 드리는 것은 어진 풍모 사모해서라오	日東送扇慕仁風
돌아가는 배에 경치를 실으니 달은 친구가 되고	歸船載景月成友
문필이 꽃을 피우니 그 기세 무지개를 토하는 듯	文筆生葩勢吐虹
봉황의 골수와 용의 살 함께 맛볼 수 없지만	鳳髓龍膄欠兼味
빼어난 꽃과 단풍잎은 그대 위해 붉어집니다	勝花楓葉爲君紅

또
又

농천창락 지음

꽃잎 날리고 버들 푸를 때 조선을 떠나	花飛柳綠出朝鮮
단풍들고 국화꽃 필 때 일본에 들어왔군요	楓染菊開入日邊
부주와 두릉의 달이 생각나니[43]	憶得鄜州杜陵月
그대의 집 아이들과 아내의 방을 비추겠지요	君家兒女照閨筵

은혜롭게 내려주신 작비암 창락 공의 아름다운 시와 일본 부채
및 담뱃대를 받고 차운하여 감사드리다
所惠贈昨非菴昌樂公芳詩幷日本扇及吹煙管 次韻謝焉

성취허

내게 주신 시와 부채와 담뱃대	我贈詩扇吹煙管
인풍과 사초[44]를 때에 맞춰 쓰지요	仁風思草用時中
글밭을 섭렵하여 유종원과 한유를 배웠고	涉獵書圃柳韓學
성인의 경전을 조술하여 공맹의 풍모가 있군요	祖述聖經孔孟風
독서하고 강습하여 변론은 물 흐르듯 하고	課讀講筵辨流水
양지와 수행은 기세가 무지개를 토하는 듯	良知修行氣吐虹
멀리서 온 손님 더욱 기려 배가 빠르게 돌아가니	尤嘉遠客歸帆速

---

43 부주와……생각나니 : 부주(鄜州)는 서안(西安)의 북쪽에 있는 지명으로, 두보의 처자
식이 있던 곳이다. 두보의 시 「월야(月夜)」에, "오늘 밤 부주의 하늘에 뜬 달, 규중에서
혼자 바라보고 있겠지[今夜鄜州月, 閨中只獨看.]"라고 하였다.
44 사초(思草) : 상사초(相思草), 즉 '담배'를 일컫는다.

| 천리 밖에 지는 노을 서쪽 산에 붉습니다 | 千里暮霞西嶺紅 |

또
又

같음

제게 보내주신 글[45]에 말씀이 고우니	送我朶雲玉唾鮮
큰 재주에 놀라 일본을 다시 보았습니다	鴻才驚見日東邊
필담으로 통역을 대신함이 더욱 훌륭하나	尤佳筆語代重譯
헤어지긴 쉽고 만나긴 어려워 이별자리 한스럽군요	易別難逢恨別筵

주부 신재 안공에게 드리다
奇主簿愼齋安公

농천창락

부평초처럼 만나 헤어진 후 두 곳 모두 가을이니	萍會別來兩地秋
나그네 마음 한가로워 떠 있는 빈 배 같을 테지요	旅情閑憺泛虛舟
대지팡이 짚고 경치 속에서 시구 구하려다	竹筇數景求詩句
산을 두른 비단 단풍에 눈이 취했나 싶었다오	楓錦包山疑醉眸
고향 그리는 꿈에서 조선의 바다 건너니	鄕夢故園渡鮮水

---

45 글 : '타운(朶雲)'은 꽃구름을 종이에 그려놓은 것으로, 남의 편지에 대한 경칭으로 쓰인다.

밤낮으로 돌아가고픈 마음 동쪽 물에 가득하리라　歸心日夜滿東流
그대에게 권하노니 봉래산의 술을 싫다 하지 마오　勸君莫厭蓬壺酒
서쪽 삼한으로 들어가야만 나그네 수심 없어지리니　西入三韓無客愁

또
又

같음

쓰는 문자가 같고 수레바퀴도 같으니　書同文字轍輪同
홍범의 남은 경문이요 기자의 풍속일세　洪範殘經箕子風
땅이 바뀌어도 다 그렇듯 삼신산에 달이 뜨니　易地皆然三島月
일본의 단풍은 고려의 붉은 비단 같답니다　高麗紅錦日東楓

농천창락의 시에 차운하여
次韻瀧川昌樂詞案

안신재

성인의 경전 만국에 퍼지니 법과 규범이 같고　聖經萬國法輪同
육예 익히며 인을 행함은 추로[46]의 풍모입니다　遊藝爲仁鄒魯風
봉래산 신선이 사는 방 안을 보니　見道蓬萊仙室裏
비단 같은 시편들 단풍과 같군요　詩篇織錦似丹楓

---

46 추로(鄒魯) : 추(鄒)는 맹자의 고향이고 노(魯)는 공자의 고향이다.

농천창락 사백의 사안에 부치며
寄瀧川昌樂詞伯詞案

성취허

재야에 버려진 현자 관대함과 어짊을 그리워하여	遺賢在野憶寬仁
부지런히 배우고 힘써 행하니 크나큰 보배입니다	勒學力行無價珍
세상 밖의 신선이라 문덕을 매우 좋아하니	域外仙頻好文德
뜬 구름 같은 부귀에 어찌 정신을 낭비하리오	浮雲富豈費精神
태평의 조짐 있으니 천 개의 마을 즐거울 테고	太平有象千村樂
다복함은 응당 만호의 백성을 얻겠지요	多福應求萬戶民
좋은 밭에서 솟아나 자라는 싹을 한번 보시오	試見良田秀苗碩
주나라 왕 팔백년 동안 어진 사람 일어났다오	周王八百興仁人

또
又

같음

서쪽으로 동해를 끼고 조선과 일본이 접하니	西隣東海接桑韓
바닷길 험하여도 격랑을 헤쳐 왔습니다	鷁路行難凌激瀾
군신이 나라 안에서 배운다고 옛날에 들었는데	昔聽君臣國中學
이백과 두보 둘 사이에 있음을 이제 알겠군요	今知李杜兩詩間

삼가 성학사가 부친 시를 감사히 받들고 화운하며
謹賡瓊韻奉謝成學士所寄

농천창락

삼한에서 공물 들이고 왕인[47]을 계승했지만	三韓入貢繼王仁
봉래섬 차린 음식에 팔진미가 없었지요	蓬島饌前無八珍
육예를 익히고 독서하면서 성현을 스승 삼아	遊藝讀書師賢聖
탐하지 않고 만족할 줄 알아서 심신을 길렀다오	不貪知足養心神
여러 번 통역 거쳐 흰 꿩 바친 월상[48]의 나그네	白雉重譯越裳客
황작이 삼공으로 보답한 화악의 백성이라오[49]	黃雀報公華嶽民
바람과 비 때에 알맞고 주나라 문물로 교화하니	風雨隨時周代化
알맞은 꽃과 버들에 또 알맞은 사람이구려	宜花宜柳又宜人

---

47 왕인(王仁, ?~?) : 일본에 경전을 전해준 것으로 알려져 있는 전설 속의 백제 학자.

48 월상(越裳) : 옛날 월남(越南) 남부 지방에 있었던 나라 이름. 주 무왕이 죽자, 주공 단(旦)은 어린 성왕(成王)을 보좌하여 태평성세를 이룩하였다. 이에 월상국에서 아홉 나라의 통역을 거쳐 흰 꿩을 바치고 주공의 덕을 칭송하였다. (『후한서』 권86 「남만열전(南蠻列傳)」)

49 황작이……백성이라오 : 후한(後漢) 때 양보(楊寶)가 화음산(華陰山)에 들어갔다가 황작이 솔개한테 채여 나무 밑에 떨어져 있는 것을 보고는 이를 가져다가 건상(巾箱) 안에 두고서 황화(黃花)를 백일 동안 먹이니, 깃이 나서 날아갔다. 그날 밤 꿈에 황의동자(黃衣童子)가 나타나 양보에게 절하며 말하기를 "나는 서왕모의 사신인데, 인애(仁愛)한 그대의 구원을 받은 데에 감사한다" 하고, 보답으로 흰 옥환(玉環) 4개를 주면서 "그대의 자손들을 결백하게 하여 삼공(三公)에 오르도록 하는 바이다"라고 했다는 고사가 있다.

또 화답하며
又和

같음

문장의 기염 높아 유종원과 한유를 따르지만	文焰惟高逐柳韓
내 나쁜 시 부끄러워 파도에 씻어버리고 싶다오	惡詩我恥欲湔瀾
옛 현인의 시구를 그대로 모방해	生吞活剝古賢句
도둑질로 얻은 더러운 이름 세상에 가득합니다	偸得臭名滿世間

창락 작비암의 사안 아래 드리며
呈昌樂昨非菴詞案下

홍창랑

일본의 소강절은 진흙 속 거북의 삶[50] 즐기니	日東康節樂泥龜
쌓인 계란 위태롭지 않고 임금 총애 위태롭다네	累卵不危君寵危
늘 노시[51]를 읽어 주희의 주석 가볍게 여기고	常讀魯詩輕喜註
주역을 깊이 전한 정이를 귀하게 여기는구려	深傳周易貴程頤
사람을 놀래키는 빼어난 구절 두보[52]의 정수이고	驚人秀句浣花髓

---

50 진흙 속 거북의 삶 : 『장자(莊子)』「추수(秋水)」편에, "이 거북은 죽어서 뼈를 남겨 귀하게 되는 것보다 차라리 진흙 속에 꼬리를 끌며 사는 것을 좋아한다"라고 하였다.

51 노시(魯詩) : 한(漢)나라 때의 네 가지 시전(詩傳) 중 하나로, 노(魯) 땅 사람 신배(申培)가 부구백(浮丘伯)에게 시(詩)를 배워 지은 것이다.

52 두보 : 원문의 '완화(浣花)'는 두보(杜甫)의 집을 가리킨다. 그가 일찍이 성도(成都)에 우거(寓居)할 때 거주한 집이 완화계(浣花溪) 가에 있어 그의 집을 완화초당(浣花草堂)이라 하였다.

달빛에 잔을 권하면서 읊는 것 도연명[53]의 시로다　勸月吟杯五柳詩
깊은 산 가을 꾀꼬리의 옥구슬 같은 울음소리　幽谷寒鶯一聲碎
말아서 궤짝에 넣어두고 봄을 기다리시지요　卷而藏匱待春時

또
又

　　　　　　　　　　　　　　　　　　　　　　　　같음

물결 따라 돌아가는 배가 떠나니　　　　　隨波歸艇去
해로에 가을바람이 밀려드네요　　　　　　海路及秋風
촉나라 비단처럼 산의 북쪽 빛나고　　　　蜀錦輝山北
봉래산 궁전은 바다 동쪽에 접해 있지요　　蓬宮接海東
시든 연잎은 하얀 달빛에 또렷하고　　　　敗荷分月白
서리 맞은 이파리는 꽃처럼 붉군요　　　　霜葉似花紅
이별 후에 기러기 잉어 잠겨버리면　　　　別後沈鴻鯉
언제쯤 소식을 전할 수 있을까요　　　　　何時晉信通

---

53 도연명 : 원문의 '오류(五柳)'는 진(晉)나라 도잠(陶潛 : 자는 연명(淵明))을 가리킨다. 그가 팽택령(彭澤令)으로 있다가 뜻이 맞지 않아 그만두고 집에 돌아와 문 앞에 버드나무 다섯 그루를 심어 놓고 오류선생(五柳先生)이라 자칭하며 음주와 독서를 즐긴 데서 유래한다. (『도정절집(陶靖節集)』 권6 「오류선생전(五柳先生傳)」)

창랑 홍공이 감사하는 마음으로 준 아름다운 시에 삼가 화답하여
謹和瓊韻滄浪洪公奉謝

수유헌 창락

조선의 빼어난 영재들 오총귀[54]이니	韓客群英五總龜
남에서 북에서 안위를 정하는군요	自南自北定安危
거울 같은 바다 삼천리를 나는 듯이 와서	船飛鏡裡三千里
술이 다한 술동이 안에 시가 일백편이구료	酒盡樽中一百詩
문장은 구양수 소식을 넘보니 뱃속엔 원고가 가득	文眎歐蘇藁書腹
시부는 도연명 사영운과 겨루니 입이 벌어지네요	賦肩陶謝解人頤
수레 멈추고 앉아서 봉래산 저녁풍경 사랑하노니	停車坐愛蓬壺晚
곳곳의 비단 같은 단풍에 노래하고 취합니다	所所錦楓吟醉時

또 화답하여
又和

같음

부평초처럼 만난 나그네 다시 만나기 어려우니	難期萍會客
모이고 흩어지는 것은 가을바람에 맡겨두었다오	聚散任秋風
자라의 머리 봉래산에서 춤추고	鼇首舞蓬島
마한은 일본에 이웃해 있네요	馬韓隣日東

---

54 오총귀(五總龜) : 박학다식함을 비유한 말이다. 당 현종(唐玄宗) 때 은천유(殷踐猷)가
아주 박학다식하였으므로, 당시 하지장(賀知章)이 "거북은 천 년 만에 다섯 마리가 함께
모이는데, 물으면 모르는 것이 없다[龜千年五聚, 問無不知.]"는 전설에 의하여, 그를 일
컬어 '오총귀'라 한 데서 온 말이다.

신기루는 바다에 이어져 검고　　　　　蜃樓連海黑
물고기 눈은 파도에 비쳐 붉습니다　　　魚眼射波紅
길 떠나는 검은 말 재촉하지 마시오　　　不用驪駒促
이별하는 자리에서는 필담으로 통하니　　離筵筆語通

창락 시인의 시단에 올리며
呈上昌樂詞士吟詞壇

이붕명

처음 맑은 모습을 접하고 친밀하게 말을 나누니　　始接淸容傾蓋語
바른 마음 성실한 뜻에 맑고 평온함 흠모하였지　　正心誠意慕淸平
찬 귀뚜라미 밤이 되자 노래하여 화답하고　　寒蛩當夜和吟誦
울면서 가는 기러기 떼 나그네 심사를 일으키네요　　肩鴈叫天引旅情
밥 한 그릇에 배부르고 편안해 격양가[55]를 부르니　　一飯飽休歌擊壤
석 잔 술을 어찌 헛된 명예 쫓는 것과 바꾸리오　　三杯何換索浮名
절 숲에서 꿈을 깨뜨리는 새벽 종소리　　禪林碎夢曉鐘響
깊은 깨달음이 백팔 번 종소리에 열리려 합니다　　深省欲開百八聲

---

55 격양가(擊壤歌) : 옛날 중국 요임금 때 늙은 농부가 땅을 치면서 천하가 태평한 것을 노래한 데서 온 말로, 태평한 세월을 즐기는 노래를 말한다.

또

又

같음

돌아가는 배에는 잔잔한 바닷바람	歸帆湖海風
술잔 속에는 가득한 이별	離別酒杯中
한단의 베개를 베고[56] 신선의 꿈에 들어가	邯枕入仙夢
봉래산에서 후에 봉해졌다오	蓬萊拜后宮
서리 맞은 단풍은 잘 물들인 비단 같은데	霜楓工染錦
꽃 같은 달이 또 하늘의 모습 완성했네요	花月又成空
아내는 회문금[57]을 한하며	妻恨回文錦
날아가는 기러기에 고개를 젓겠지요	掉頭飛去鴻

붕명 이공의 시단(詩壇)에 감사하면서 이어 화운하다
賡韻謝鵬溟李公文詞壇

농천창락

서쪽에서 그리워하며[58] 인자와 은혜 품고 있더니	自西思服懷仁惠

---

56 한단의 베개를 베고 : '한침(邯枕)'은 한단침(邯鄲枕), 즉 한단에서 노생(盧生)이 베었던 베개로 한단지몽(邯鄲之夢)의 비유를 가져온 것이다.

57 회문금(回文錦) : 회문시를 짜 넣은 비단. 전진(前秦)의 여인 소혜(蘇蕙)가 유사(流沙)에 가 있는 낭군 두도(竇滔)를 그리워하며 비단을 짜서 '회문선도시(回文旋圖詩)'를 보냈다.

58 그리워하며 : 원문의 '사복(思服)'은 늘 잊지 않고 마음으로 그리워함을 뜻한다. 『시경(詩經)·주남(周南)』「관저(關雎)」에 "구하려 하나 얻지 못해, 자나 깨나 생각하네.[求之不得, 寤寐思服.]"라는 구절이 있다.

사해가 한 집안 되고 만국이 평화롭게 되었습니다　　四海一家萬國平
푸른 물 하얀 모래에 어지러운 마음 씻어버리고　　碧水白沙湔心緒
푸른 산 붉은 잎은 그윽한 정에 알맞구려　　　　　青山紅葉適幽情
밤이 되자 붓을 적셔 노닌 자취 기록하며　　　　　夜來染筆記遊跡
이역에서 시를 지어 아름다운 이름 남기는군요　　異域賦詩殘雅名
성인의 경전을 스승 삼는 일본의 학문인데도　　　師聖傳經日東學
길고 짧은 것이 메추라기 붕새 소리 같습니다　　　寸長尺短鴳鵬聲

또 화운하여
又和

같음

돌아가는 길에 가을바람 불어　　　　　　歸去及秋風
순채와 농어 안주로 이별주 나눕니다　　蓴鱸餞盞中
고래 같은 파도가 낚싯배를 삼키고　　　鯨波呑釣艇
신기루가 신선의 궁을 지었네요　　　　蜃氣構仙宮
천 리를 가도 육지가 없을 것 같고　　　千里似無地
팔주는 허공에 뜬 것 같습니다　　　　　八洲如乘空
서로 바라보며 아득한 눈길로 전송하고　相望杳目送
이별의 한은 나는 기러기에 실어 보내지요　離恨托飛鴻

이전 운을 써서 농천창락 문사의 서안에 드리며
用前韻 呈瀧川昌樂文士詞案

창랑

예로부터 성인의 학문은 주공을 흠모하였더니	由來聖學慕周公
이역에서 처음으로 아름다운 시구 알게 되었네	域外初知詩句工
나그네 시름을 위로해주는 봉래산의 경치	慰得客愁蓬島景
꽃에도 달에도 붉은 단풍에도 취하는구나	于花于月醉紅楓

홍공이 지은 아름다운 시운에 화운하여
奉和洪公芳詩玉韻詞案

창락

해당화인 사마가 구양공을 만나니	海棠司馬見陽公
시는 비단에 모란을 수놓은 듯 정교하구려[59]	詩是牡丹錦字工
군자가 온 동이의 나라를 어찌 누추하다 하리오	何陋東夷君子到
단풍든 옛 오나라에 주렴계의 연꽃 피었거늘[60]	荷花濂洛故吳楓

---

59 시는 …… 정교하구려 : 송(宋)나라 구양수(歐陽脩)는 「낙양모란기(洛陽牡丹記)」에서 "모란에 이르러서는 굳이 꽃 이름을 말하지 아니하고 바로 꽃이라고 한다. 그 뜻은 천하의 진정한 꽃은 오로지 모란뿐이라는 것이다[至牡丹則不名, 直曰花, 其意謂天下眞花, 獨牡丹.]"라고 하며 모란을 예찬하였다.

60 주렴계의 연꽃 피었거늘 : 송(宋)나라 유학자 주렴계(周濂溪)는 「애련설(愛蓮說)」을 지어 연꽃을 꽃 중의 군자라고 찬미하였다.

유백 창랑의 서안에 드리다
呈昌樂儒伯詞梧下

홍창랑

중심을 잡고[61] 책을 읽으니	執中讀黃卷
도를 깨달아 오묘한 곳에 드셨군요	悟道入玄微
바닷새는 파도를 밟고 떠나고	海鳥跆波去
산 까마귀는 잘 곳을 찾아 돌아갑니다	山鴉求宿歸
이별의 술자리가 끝나면	別離餞杯止
바람 가득 실은 돛배 멀리 날듯이 가겠지요	滿腹遠帆飛
시율은 당·송을 사모하니	詩律慕唐宋
일본의 문장은 밝게 빛나리라	日東文熖輝

창랑 홍공이 주신 시에 감사드리며 아름다운 운율에 차운하다
次芳韻謝滄浪洪公所呈

수유헌 창락

대붕 같은 문사가 멀리서 오셨으니	大鵬文士遠
손톱만한 말 콩알 같은 사람처럼 미미해 보이리라	寸馬豆人微
금빛 깃발은 배를 비추며 떠나고	金旒照船去
비단 돛배는 노를 돌려 돌아가지요	錦帆轉槳歸
고래는 시커먼 파도를 뿜어내고	鯨魚噴浪暗

---

61 중심을 잡고 : 원문인 '집중(執中)'은 『서경』 「대우모(大禹謨)」에 나오는 '윤집궐중(允執厥中)', 즉 정성껏 중정(中正)의 도를 지키는 것을 말한다.

뱃머리는 구름을 타고 나네요	鷁首乘雲飛
언제 다시 만날 것을 기약하겠습니까	再會期何歲
멍하니 저녁노을 속에 전송합니다	忙然送夕輝

유백 수유헌 창락의 글 아래 부치며
奇隨有軒昌樂儒伯文案下

안신재

경전은 성현을 계승하고 시는 두보를 배워	經繼聖賢詩學杜
시단에서 추숭하여 경성에서 으뜸일세	詩壇推轂甲京城
이별의 자리에서 언어가 다른 것을 한스러워 마오	離筵莫恨言語異
글을 주고받아 두 사람의 마음이 통했다오	贈答朶雲通兩情

문사 안판사가 부친 시에 감사하며 시운을 따라 짓다
步詩礎謝安判事文士所寄

창락

촉나라 잔도62 같은 험난한 길은 상근63의 산	路難蜀棧菖根嶮
진나라 관문과 같은 요지는 대판의 성	喉地秦關大坂城

---

62 촉나라 잔도 : 안사의 난 때 중국 당 현종(唐玄宗)이 촉으로 몽진하면서 지나갔다는 천길 검각(劍閣)에 걸린 위험한 잔도(棧道)를 말한다.
63 상근(箱根) : 하코네. 현 가나가와현(神奈川縣)에 있는 산. 당시 에도로 들어가는 관문의 역할을 하였다.

다듬이 소리에 돌아가는 꿈 깨어 애석해하며 　可惜砧聲碎歸夢
소리마다 한이 일어 고향생각 나겠지요 　聲聲打恨引鄕情

사백(詞伯) 이반곡 문단에 삼가 드립니다
謹呈李盤谷詞伯文壇右

같음

사신의 신령한 뗏목이 해안에 묶여 있는데 　星使靈槎繫海涯
손님 자리 따뜻해지기도 전에 돌아갈 날을 알리네 　客氈未暖告歸期
붓끝의 무지개 문장의 불꽃이 삼천 길이요 　毫虹文熖三千丈
사신 배 약 주머니엔 오색의 영지가 있겠지요 　舟鷁藥囊五色芝
호리병박 속[64] 산천에 선학이 노닐고 　瓢界山川仙鶴狎
새장 안의 세월을 태양[65]이 옮겨가네요 　籠中日月織烏移
부사산[66]을 붓으로 삼고 비파호[67]를 벼루 삼아 　士峯爲筆琵湖硯
마음속 세상을 한 장 종이 위에 시로 쓰셨군요 　寫出胸天一紙詩

---

64 호리병박 속 : 선경(仙境)을 가리킨다. 후한의 비장방(費長房)이 시장의 아전으로 있을 때, 호공(壺公)이 약을 팔다가 장이 파하면 매달아 놓은 호리병 속으로 들어가는 것을 보고 따라 들어가니, 화려한 건물에 술과 안주가 가득 차려져 있어 함께 술을 마시고 나왔다는 고사가 있다.
65 태양 : 원문의 '직오(織烏)'는 태양을 가리키는 말로, 하늘에서 태양이 베틀의 북처럼 왔다 갔다 하기 때문에 생긴 이름이다.
66 부사산(富士山) : 후지산. 현 시즈오카현(靜岡縣)과 야마나시현(山梨縣)에 걸쳐 있는, 일본에서 가장 높은 산.
67 비파호(琵琶湖) : 비와호. 현 시가현(滋賀縣) 중앙부에 있는 비파 모양의 호수로, 일본에서 가장 크고 깊은 호수.

사종(詞宗) 창락에게 감사드리며 차운하다
次謝昌樂詞宗瓊壇下

이반곡

해는 베 짜는 북 같고 달은 활처럼 빨리 굽어지니	日梭似織月弓速
봉래산에서 다시 노닐 날 언제쯤 기약할 수 있을까	蓬島再遊何歲期
신선 사는 곳에 배를 대고 신선의 약을 찾아	仙境泊船索神藥
성조에 상서를 보이고 영지를 바칠 것입니다	聖朝示瑞獻靈芝
우뚝한 문사들의 진영에서 기이함을 다투더니	魁梧文陣爭奇鬪
뛰어난 인걸들 선물 주시고 돌아가시겠구려	英傑高人與物移
노을 가에서 지은 시 한 편을 내게 부치시니	寄我一篇霞上作
알록달록한 비단 위의 칠언시로군요	班班蜀錦七言詩

사백 창락의 서안에 드립니다
奉呈昌樂詞伯文几下

안신재

사신의 뱃길은 동해에 접하고	星槎鷁路接東海
신선의 집은 푸른 산 푸른 물에 있겠지요	仙室靑山綠水居
유자의 행실로 인을 실천하여 도를 닦고자 하나	儒行踐仁欲修道
어리석고 배운 것 없으니 어찌 명예를 구하리오	癡頑無學豈求譽
술잔[68] 기울여 삼호[69]의 술을 다 마시고	蟻杯傾盡三壺酒

---

68 술잔 : 원문의 '의배(蟻杯)'는 의주(蟻酒), 곧 탁주(濁酒)를 가리킨다. 개미 모양의 거품
이 떠 있어서 나온 말이다.

반딧불이 항상 나니 만권의 책을 읽으시겠지요　　　螢火常飛萬卷書
토벌한 공로 많아 죽간에 기록하기 어려우니　　　　殺伐多功難記竹
우뚝하게 큰 부처가 무덤 언덕에 절하고 있구려　　　巍然大佛拜墳墟

또
又

같음

깊고도 높은 봉래산 뚜렷하고　　　　　　　　　　幽邃崔嵬蓬島鮮
하늘과 땅 광활하여 풍경이 끝이 없습니다　　　　乾坤空闊景無邊
높은 신선의 나라 우러러보니 신령한 땅이 많아　　仰高神國多靈地
만 리의 나그네 수심 술자리에서 잊습니다　　　　萬里客愁忘酒筵

엄운에 화운하여 판사 안공에게 답하다
和嚴韻謝安判事公

농천창락

땅은 봉래산 그윽한 섬 위에 있으니　　　　　　　地是蓬壺幽島上
많은 신선이 오래된 푸른 바위에 깃들어 사는 곳　列仙栖老碧巖居

---

69 삼호(三壺) : 『습유기(拾遺記)』「고신(高辛)」에, "삼호(三壺)는 바다 속에 있는 세 산으로, 첫 번째는 방호(方壺)인데 이는 방장산(方丈山)이고, 두 번째는 봉호(蓬壺)인데 이는 봉래산이며, 세 번째는 영호(瀛壺)인데 이는 영주산(瀛洲山)으로, 모양이 마치 술병과 같이 생겼다"고 하였다.

재인의 풍류가 평범한 나를 어지럽게 하나	才人風韻眩凡自
사신은 무심하게 기쁨과 영예를 잊었구려	星客無心忘喜譽
나는 눈앞에 가을이 다한 것에 놀라는데	我眼前驚三秋盡
그대는 가슴 속에 다섯 수레의 책이 있군요	君胸中有五車書
천석고황70의 고질병을 고치지 마오	休醫泉石膏肓癖
일본은 수많은 산과 강이 있는 곳이라오	日域千山萬水墟

또 화답하여
又和

　　　　　　　　　　　　　　　　　　　　　　　　　　　　　　　　　　같음

붓 끝은 경치를 좇으나 마음 맞는 곳 드문데	筆端驅景愜心鮮
바다 건너고 산을 넘으니 해 뜨는 골짜기 곁이라	航海棧山暘谷邊
어느 날 다시 일본을 유람하는 나그네 될까	何日扶桑再遊客
나보다 촛불이 먼저 이별 자리에 눈물 뿌리네요	先吾蠟淚濺離筵

농천창락

삼가 묻습니다.

1. 주(周) 무왕(武王)이 기자(箕子)를 조선(朝鮮)에 봉(封)하니, 기자가

---

70 천석고황(泉石膏肓) : 샘과 돌이 고황에 들었다는 뜻으로, 고질병(痼疾病)이 되다시피 산수(山水) 풍경(風景)을 좋아함을 일컫는다.

하도(河圖)·낙서(洛書)와 홍범구주(洪範九疇)를 요동(遼東)의 이씨에게 전하였고 이씨의 자손들은 대대로 가업으로 삼았습니다. 이씨의 후예(後裔)가 이것을 청천(菁川)[71]의 강항(姜沆)[72]에게 전한 사실은 공(公)도 평소에 알고 있는 일입니다. 강항이 이것을 일본의 유종(儒宗)인 북육산(北肉山)의 광반(廣胖) 등원성와(藤原惺窩)[73]에게 전하였는데, 역(易)은 이미 동쪽에 들어와 있었습니다. 성와(惺窩)는 하도(河圖)·낙서(洛書)와 주역(周易)·춘추(春秋)·시(詩)·서(書)를 저의 스승인 송영창삼(松永昌三)[74] 및 임나산(林羅山)[75]에게 전하였습니다. 이 두 학사(學士)는 성와(惺窩)를 스승의 표준으로 삼았지만, 스승보다도 더 나은 사람이 되었으니 성와가 이미 죽어버린 뒤에는 문(文)이 여기에 있지

---

71 청천(菁川) : 진주(晉州)의 고호(古號). 강항이 진주 강씨여서 이렇게 말한 듯하다.
72 강항(姜沆, 1567~1618) : 조선 중기의 문신. 본관은 진주(晉州). 자는 태초(太初), 호는 수은(睡隱). 성혼(成渾)의 문인이다. 정유재란 때 포로가 되어 일본으로 압송되었을 때 등원성와(藤原醒窩)·적송광통(赤松廣通) 등과 교유하며 그들에게 학문적 영향을 주었다. 그들의 노력으로 1600년에 포로 생활에서 풀려나 가족들과 함께 귀국하였다. 이때의 경험은 『간양록(看羊錄)』에 기록되어 있다.
73 등원성와(藤原惺窩, 후지와라 세이카, 1561~1619) : 이름은 숙(肅), 자(字)는 염부(斂夫), 호(號)는 성와(惺窩)·북육산인(北肉山人)·시립자(柴立子)·광반와(廣胖窩). 처음에는 승려가 되어 이름을 순(蕣)이라 칭하고 경도(京都) 상국사(相國寺) 묘수원(妙壽院)에 있다가, 뒤에 그 잘못을 깨닫고 유학(儒學)으로 돌아왔다. 그 후 주자학자(朱子學者)로서 명성이 높았다.
74 송영창삼(松永昌三, 마츠나가 쇼죠, 1592~1657) : 호는 척오(尺五). 아버지는 가인(歌人-和歌), 배인(俳人-俳諧)으로 이름 높은 송영정덕(松永貞德, 마쓰나가 데이토구, 1571~1653)이다. 후지와라 세이카에게 사사받았으며, 삼교(三敎)에 정통했고 시문에 뛰어났다.
75 임나산(林羅山, 하야시 라잔, 1583~1657) : 이름은 신승(信勝), 자는 자신(子信), 통칭은 우삼랑(又三郎). 출가했을 때 호는 도춘(道春)이다. 막부의 국학인 창평횡(昌平黌)의 창시자이자 대학두(大學頭)로서 일본의 외교 문서를 담당했던 임가(林家)의 시조이다.

않겠습니까? 그 뒤로 다시 전하여 송영창삼은 그 아들 송영창역(松永
昌易)[76]과 동성(同姓)의 송영삼(松永三) 및 목하순암(木下順菴), 그리고
저 농천창락(瀧川昌樂) 등에게 전하였습니다만, 그 나머지는 모두 일
본의 세속적이고 고루한 학문이 되어서 취할 것이 없습니다. 강항의
후손들은 지금도 남아 있습니까? 우러러 듣기를 원하오니, 상세히
말씀해 주십시오.

즉시 답하였다.

강항의 후손은 지금 없습니다. 중엽에 그 후손이 이름을 팔고 학문
을 팔아 이익을 탐하다가 유형에 처해져서 관작과 녹을 모두 박탈당
하고 죽을 길에서 사면 받았습니다. 오직 더러운 이름만 남겼을 뿐
입니다.

1. 송(宋) 동진경(董眞卿)[77]의 『주역회통(周易會通)』 20권은 조선본은
있는데, 대명국 판본은 없습니다. 이 목판이 지금 귀국에 있나요?
나는 이전부터 그것을 구하고 싶었습니다.

1. 호괘(互卦)[78]에 관한 설은 소옹(邵雍)이 비로소 말했지만 완전하게
말한 것은 없습니다. 비록 주자는 말하지 않았지만 동진경이 말한

---

76 송영창역(松永昌易, 마츠나가 쇼에키, 1619~1680) : 에도시대 유자(儒者)이며 창삼(昌
三)의 아들. 호는 촌운(寸雲). 하이카이(俳諧)에도 뛰어났다.
77 동진경(董眞卿) : 송말(宋末) 원초(元初) 요주(饒州) 덕흥(德興) 사람으로 자(字)는 계
진(季眞)이다. 호일계(胡一桂)의 제자로서, 『주역』을 깊이 연구하여 『주역회통(周易會
通)』을 지었다.
78 호괘(互卦) : 한 괘에 있어 제1효(爻)와 제6효를 제외한 중간 4개의 효를 아래에서 위로
붙여 한 괘를 만들고 또 위에서 아래로 붙여 한 괘를 만드는 것을 말한다.

것이 상세합니다. 그 전편을 수록한 것이 『회통(會通)』에 있습니다만,
건·곤 두 괘는 호괘가 없는데, 어떠한지 상세히 보여주십시오.
1. 공자의 대상전과 소상전[79]은 어떤 이치와 의리를 가리켜서 말한
것입니까? 듣고 싶으니, 자세히 살펴 보여주십시오.

1. 하괘(下卦)를 건(乾)으로 하고 상괘(上卦)를 건(乾)으로 한다. 이와 같이 괘(卦)
마다 되어 있어 64괘가 모두 그러한데, 누가 주석을 하였습니까?
1. 계사는 공자가 정력을 들인 책인데 『주역』의 깊은 이치를 모두
담고 있습니다. 특히 우리 유자는 인간 일생의 생사가 오고 감을 알
수 있어서, 유명(幽明)과 귀신(鬼神)의 정상(情狀)을 압니다. 또 말하기
를 "정기는 물(物)이 되고, 혼(魂)이 흘러 다니면 변한다"[80]라고 하였
습니다. 주자가 주석하기를, "음양의 정기가 모여서 물(物)이 되는 것
이니, 신(神)이란 펴지는 것이다. 혼(魂)은 날아가고 백(魄)은 내려가
서, 흩어져 변하니 귀(鬼)란 돌아가는 것이다"라고 하였습니다. 생사
와 귀신은 모두 음양의 변화이며 천지의 도입니다.
  제가 생각건대, 사람이 죽어서 시체를 태우면 재가 되고, 묻혀서

---

79 대상전(大象傳)과 소상전(小象傳) : 공자가 『주역』을 해설한 십익(十翼) 가운데 「상전
  (象傳)」이 있는데, 그 내용이 「소상(小象)」과 「대상(大象)」으로 구성되어 있다. 「소상」은
  효사(爻辭)를 해석한 것인데, 효의 강유(剛柔)를 근거로 하여 중정(中正) 사상과 응비승
  승(應比承乘)의 사상을 담고 있다. 「대상」은 먼저 상괘의 상(象)과 하괘의 상이 어떤 관
  계인지를 말하여 괘의 구성을 논한 뒤에, 유교 사상에 입각하여 도덕 정치상의 의리를
  서술한 것이다. 이 「대상」과 「소상」을 합쳐서 「상전」이라고 한 것은 당나라 때 공영달(孔
  穎達)의 『주역정의(周易正義)』로부터 통설이 되었다.
80 정기는 …… 변한다 : 『주역(周易)』 「계사전(繫辭傳)」 상(上), 4장에 있는 말이다.

흙이 됩니다. 이때 혼백은 어디에 머물다가 변하여 인귀가 됩니까? 특히 불교에는 '칠칠(七七)'의 설(說)이 있습니다. 그러므로 대장경을 한번 보면 세존(世尊)이 마달다(摩達多)에게 말하기를, "중유(中有)[81]는 아무리 길어도 칠칠(七七)일, 곧 49일 동안 머물면 생(生)이 결정되기 때문이다. 중유가 혼미하여 7일 동안 머물러 지내더라도 오래 머문 것이 아니기 때문이다"[82]라고 하였습니다. 이 때문에 속이는 말과 치우친 주장, 사악한 거짓말과 망령된 말이 벌처럼 일어나도 알지 못합니다. 『운어양추(韻語陽秋)』[83]에 말하기를, "사람이 태어나서 49일이 지나면 7백(魄)이 온전해지고, 그가 죽어서 49일이 지나면 7백이 흩어진다. 그래서 칠칠(七七)의 설(說)이 있다"고 하였습니다.

대개 생사는 기(氣)가 모이고 흩어지는 것입니다. 흩어지지 않으면 죽지 않으므로, '예(禮)'를 다하면 효자의 정(情)을 회복할 수 있어서 그 정을 다하고 멈춘다'고 하였습니다. 이 말을 음미해보면 불교의 말이 이치에 가까운데, 큰 혼란이 진실로 민중을 속이고 현혹시킨 것이 매우 많습니다. 우리 유학에는 사람과 귀신이 있고 형질도 있

---

81 중유(中有) : 사유(四有)의 하나. 사람이 죽어서 다음의 생(生)을 받을 때까지의 시간 곧 차생(次生)의 생연(生緣)이 미숙(未熟)하기 때문에 이를 곳에 이르지 못한 49일 동안을 말한다. 극선(極善)·극악(極惡)한 사람은 중유가 없고, 죽으면서 바로 다음 생으로 간다고 한다.

82 중유는…… 때문이다 : 인도의 불교 이론서인 『대비바사론(大毘婆沙論)』에 나오는 말이다.

83 운어양추(韻語陽秋) : 송나라 갈립방(葛立方)의 저서. 20권. 송대 시화(詩話)의 선본(善本)으로 불린다. 내용은 주로 갈립방 시학(詩學)의 요지를 기술하고 한(漢)·위(魏)에서 송나라에 이르는 여러 시인들의 인품과 시작에 대해서 논한 것이다. 또한 역사적 사실과 일문(軼聞) 등을 별도로 기재하였다.

어서, 하늘이 흐리면 왕왕 귀신이 곡하면서 사람과 접한다는 설이 있습니다. 대개 진실을 논한다면 이렇습니다. 이 기(氣)를 거스르면 그 백(魄)의 기(氣)가 내려가 흩어지다가 막히고 엉켜서 형질을 드러내어 음기를 타게 되니 왕왕 귀신이 곡을 하게 됩니다. 또 기를 따르면[順] 어두운 곳으로 흩어져서 백(魄)이 황천으로 돌아가게 됩니다.

동중서(董仲舒)[84]가 말하기를, "어떤 한 귀신이 머리를 풀어헤치고 손에 칼을 들고 용감하게 앞으로 나와서 흠향(歆饗)하였다"고 하였는데,[85] 여기서 제사를 받은 것은 역기(逆氣)가 변한 것이니, 이것이 그 증거입니다. 그러나 불교의 일은 주희가 말한 적이 없고 정자산(鄭子産)[86]과 한(漢)나라의 정현(鄭玄)[87]·고유(高誘),[88] 그리고 회남자(淮南

---

84 동중서(董仲舒, BC 179?~BC 104) : 유교를 중국의 국교이자 정치 철학의 토대로 삼는 데 이바지한 철학자. 유교는 그 뒤로 2,000년 동안 국교 지위를 유지해왔다. 동중서는 철학자로서 유교철학과 음양철학(陰陽哲學)을 통합했다. 한 무제(漢武帝) 때 재상이었던 그는 조정에서 유학자가 아닌 학자들을 모조리 쫓아낼 것을 건의하여 유교가 한나라의 사상적 바탕이 되는 계기를 마련했다.

85 어떤 한 귀신이 …… 흠향하였다 : 동중서의 저작 『춘추번로(春秋繁露)』에 나오는 말이다. 『춘추번로』는 공양학(公羊學)의 입장에서 『춘추』의 정신을 해명한 책으로 17권 82편으로 되어 있다. 『춘추』에 나타나는 이념을 설명하는 부분 이외에, 널리 불교의 의미를 밝히고자 하는 것과 상주문(上奏文)이라고 여겨지는 편도 포함되어 있다.

86 정자산(鄭子産) : 춘추시대 정(鄭)나라의 공손교(公孫僑). 간공(簡公)·정공(定公)·헌공(獻公)·성공(聲公) 등 네 조정에 계속 재상으로 있으면서 뛰어난 외교수완을 발휘하여 당시 패권다툼을 벌이는 진(晉)나라와 초(楚)나라 사이에 처한 정나라를 무사하게 보전하였다. 『논어(論語)』「헌문(憲問)」편에 자산이 외교문서를 잘 작성했다고 공자가 말한 내용이 있다.

87 정현(鄭玄, 127~200) : 중국 후한(後漢)의 경학자. 자는 강성(康成). 북해(北海) 고밀(高密) 사람이다. 고문경설(古文經說)을 위주로 삼고 금문경설(今文經說)도 받아들여 여러 경서에 주석을 달아 한대 경학을 집대성했으며, 정학(鄭學)으로 불렸다. 고대의 역사 문헌을 정리하는 데 크게 공헌했다.

子)[89]·양승암(楊升菴)[90] 등의 문집에도 또한 혼백이 취산(聚散)하는
설은 있지만 인물이 살아 있다가 죽으면 귀신이 혼이 되어 떠돌다가
역기가 달라붙어서 변한다는 말은 하지 않았습니다.

　임자(林子)[91]만 홀로 '신을 알아보고[識神] 변한다'는 주장을 따라서
꿈을 가지고 설명하였습니다. 그가 말하기를, "태허(太虛)로부터 온
것이 원신(元神)인데, 변화되면 식신(識神)이 된다. 그래서 그 꿈은 모
두 식신(識神)[92]을 따라서 변한 것이다. 석씨(釋氏)가 말한 육도(六
道)[93]의 사생(四生)[94]도 또한 떠도는 혼을 따라서 변한 것이다. 그러므
로 공자(孔子)가 말하기를, '혼이 떠돌다가 변한다'고 한 것이다"라고

---

88 고유(高誘) : 후한의 학자. 어렸을 때 노식(盧植)에게 배우고, 헌제(獻帝) 때 관직에
　　나갔다. 저서에 『여씨춘추주(呂氏春秋注)』·『회남자주(淮南子注)』 등이 있다.

89 회남자(淮南子) : BC 2세기에 회남왕(淮南王)이었던 유안(劉安)을 가리킨다. 그는 빈
　　객(賓客)들과 함께 『회남자(淮南子)』를 지었다. 『회남자』는 원래 내편(內篇) 21편과 외
　　편(外篇) 33편이었으나, 현존본은 내편 21편만이 전한다. 형이상학·우주론·국가정치·
　　행위규범에 대한 내용을 다루었다.

90 양승암(楊升菴) : 양신(楊愼, 1488~1559). 중국 명대(明代)의 문학가·학자. 자는 용수
　　(用修), 호는 승암(升庵). 사천(四川) 신도(新都) 사람이다. 1511년(正德 6) 진사에 장원
　　으로 급제하여 한림수찬(翰林修撰)을 제수 받았다. 학식이 해박하여 사학·금석학·민간
　　문학·사곡(詞曲) 등에 조예가 깊었다. 저작은 100여 종에 달하는데 그중 『승암전집(升庵
　　全集)』과 산곡(散曲)을 모은 『도정악부(陶情樂府)』가 있다.

91 임자(林子) : 하야시 라잔을 가리킨다.

92 식신(識神) : 불교에서 분별하고 인식하는 정신이라는 뜻으로, 마음 또는 영혼(靈魂)을
　　이르는 말이다.

93 육도(六道) : 지옥도(地獄途)·아귀도(餓鬼途)·축생도(畜生途)를 삼악도(三惡道)라
　　하고, 천당(天堂)·인간(人間)·아수라(阿修羅)를 삼선도(三善途)라 하는데, 이것들을
　　모두 육도(六道)라 한다.

94 사생(四生) : 생물이 나는 형태의 네 가지, 즉 태로 나는 것[胎生], 알로 나는 것[卵生],
　　습기로 나는 것[濕生], 화생하는 것[火生] 등을 말한다.

하였습니다. 이 주장이 맞습니까? 아! 비록 이치에 가깝지만 적확한 이치는 아닙니다.

무릇 꿈은 오장에 깃들어서 만들어집니다. 혼은 폐에 깃들고, 백은 간에 깃들어서 꿈에 나타나는데, 그 폐와 간을 태워서 흙과 재가 되면 혼백과 식신이 어디에 깃들어서 꿈이 되겠습니까? 흙과 재가 되면 7백(魄)과 심신(心神)이 흩어져서 태허(太虛)로 돌아가서 허공을 채우면 천지의 기가 되어서 다시 태허에 가득찰 것이니 이 때 무슨 꿈이 있겠습니까? 어찌 지옥과 천당(天堂)이 있겠습니까? 이것은 임자의 말이 적확한 것이 아니라는 것을 말하는 것입니다.

장주(莊周)가 말하기를, "죽고 사는 것은 또한 큰 것이다"라고 하였습니다. 석씨는 말하기를, "살고 죽는 것은 큰일이지만 무상하고 신속하여 그 기(氣)가 순(順)하면 천지로 돌아가서 순간의 한 생각이 삼천년이고, 세상의 모든 이치가 하나의 마음일 뿐이다. 무상정등정각(無上正等正覺)[95]은 열반(涅槃)의 묘심(妙心)이고 실상무상(實相無相)이 불생불멸(不生不滅)의 묘체(妙體)이다. 임종할 때 정념(正念)하여 무심무념한 진공(眞空)의 묘지(妙智)를 얻는 것이 순기(順氣)의 공부이다"라고 하였습니다.

아! 세 성인이 세 개의 귀감처럼 그 기(氣)가 바르고 순하여 천지 사이에 모였다가 흩어졌는데 하물며 유가가 어찌 소홀히 할 수 있겠습니까? 항상 정성스럽게 가슴속에 간직하고, 삶과 죽음 사이에 떠

---

95 무상정등정각(無上正等正覺) : 일체의 진리를 모두 깨달은 부처님의 최고의 경지를 말한다.

도는 혼이 변하여 귀신이 되는 이치를 지켜서, 더욱 넓히고 확장하여 같은 부류마다 접촉해서 자라게 한다면[96] 비록 적중하지는 못하더라도 진리에서 멀어지지는 않을 것입니다. 자연의 변화를 따라 죽음으로 돌아갈 것이니, 천명을 즐길 뿐 다시 무얼 의심하겠습니까? 그러니 삶과 죽음 사이에 혼이 떠돈다는 말은 적확한 말이 아니었습니다. 이에 대한 상세한 설명을 또한 나는 간절한 마음으로 원합니다.

답하여 말하였다. 삶과 죽음 사이에 귀신이 떠돈다는 말은 고금의 진유(眞儒)에게서도 정설이나 훌륭한 말이 없으니 어떻게 합니까? 그러니 하물며 저처럼 썩은 유자는 어떠하겠습니까?

1. 전십괘(前十卦)와 후십괘(後十卦)의 설[97]은 주자가 『역학계몽(易學啓蒙)』에서 말하였지만 일본의 유자들은 그 정전(正傳)을 잃어버려서 잘 알지 못합니다. 복서(卜筮)를 가지고 살펴보면 빠르게 알 수 있는 방법이 있을까요? 들은 말이 있으면 알려 주십시오.

1. 하도(河圖)의 방위(方位)는 남쪽에 화(火)가 있고, 서쪽에 금(金)이 있는데, 낙서(洛書)의 방위는 남쪽에 금(金)이 있고 서쪽에 화(火)가

---

96 더욱 넓히고 …… 자라게 한다면 : 『주역(周易)』「계사전(繫辭傳)」상(上) 9장에 "당겨서 늘이고 같은 부류마다 접촉해서 자라게 한다면, 천하의 능사를 마칠 수 있을 것이다[引而伸之, 觸類而長之, 天下之能事, 畢矣.]"라고 하였다.

97 전십괘(前十卦)와 후십괘(後十卦)의 설 : 『역학계몽(易學啓蒙)』고변점(考變占) 제사(第四) 삼효변(三爻變)에 보인다. 『주역』에서 세 효가 변하는 것은 모두 20개인데, 전십괘(前十卦)는 정(貞)을 주로 하는 본괘(本卦)이고 후십괘(後十卦)는 회(悔)를 주로 하는 변괘(變卦)라고 하였다.

있는 것이 왜 그렇습니까? 상세하게 알려 주십시오.

1. 사람의 일생(一生)은 본괘(本卦)를 점쳐서 알 수 있습니다. 전국시대에 귀곡선생[98]이 있어서 단역(斷易)의 설을 주장하였지만 진유(眞儒)가 없었습니다. 소강절(邵康節)·정자(程子)·주자(朱子)·육상산(陸象山)의 정설이 있었지만 신용하기에 부족하다고 여겨서 땅바닥에 버려졌습니다. 그런데 근세 소강절의 현현합벽설(玄玄合璧說)이 있어서 일생의 연월일시의 본괘가 상세합니다. 귀국에서도 또한 사람의 일생을 점치는 본괘가 있습니까? 듣고 싶습니다.

1. 『춘추(春秋)』라는 경전(經典)은 성인(聖人)의 뜻이 이 책에 있어서 읽고 행하면 오륜(五倫)이 바르게 되고 명분(名分)이 정해집니다. 그로 인해서 난신적자(亂臣賊子)에게 권선징악(勸善懲惡)하여 악(惡)의 우두머리라는 이름을 받지 않게 하였으니, 이것은 천년을 내려온 바 꿀 수 없는 상법(常法)입니다. 그런데 송나라 왕안석[99]이 '단란조보(斷爛朝報)'[100]라고 희롱하면서 학관에 배열하지 않고, 선성(先聖)이 필삭

---

98 귀곡선생(鬼谷先生) : 전국(戰國) 시대 사람 왕후(王詡)의 호. 소진(蘇秦)과 장의(張儀)에게 종횡술(縱橫術)을 가르쳤고, 백세를 살았다고 한다. 저서에 『귀곡자(鬼谷子)』가 있다.

99 왕안석(王安石, 1021~1086) : 중국 북송의 정치가. 자는 개보(介甫), 호는 반산(半山). 1069~1076년에 신법(新法)이라는 혁신정책을 단행한 것으로 유명하다. 유교경전의 실용적인 응용을 중시하여 『시경(詩經)』『서경(書經)』『주례(周禮)』를 독창적으로 해석하여 이를 '신의(新義)'라 부르고 과거시험의 기본서로 채택하고자 했다. 우아하고 깊이 있는 문장으로 당송팔대가(唐宋八大家) 중 한 사람으로 꼽힌다.

100 단란조보(斷爛朝報) : '단란'은 결함이 많아서 완전하지 못한 것을 뜻하고, '조보'는 정부에서 매일 반포하는 공고문(公告文)을 말한다. 왕안석(王安石)이 "선유의 주석들을 일체 폐기하여 쓰지 않고, 『춘추』를 축출하여 학관에 배열하지 못하게 하면서, 심지어는

(筆削)한 책을 버리고 쓰지 않아 인주(人主)는 강설을 들을 수 없었고 학사는 서로 전해서 익힐 수 없어서, 송나라 말기에 결국 이적에게 북원(北轅)의 화(禍)[101]를 당하였습니다. 공자는 말하기를, "나의 뜻은 『춘추(春秋)』에 있고, 행동은 『효경』에 있다"고 하였습니다. 따라서 이 두 책을 없애버리면 화가 국가에 미칠 것이니, 선니(宣尼)[102]의 책 은 영험하다고 말할 수 있습니다. 그래서 말하기를, "성인의 말씀을 두려워한다"[103]고 한 것입니다.

어강관인 춘추관의 이언강 공 및 홍문관 겸 경연 시독관인 춘추관 의 박경후 공은 오경을 통독하시어 훌륭한 재주와 호방한 필치를 갖고 계실 것입니다. 홍문관이라는 이름을 가졌으니, 육경의 비밀을 훤히 아실 테지요. 이것은 경학의 연원을 탐색하여 알 수 있음을 말 하는 것입니다.

1. 공(公)은 몸소 두 대인(大人)의 지도를 받았으니, 그 덕에 감화되고

단란조보라고 희롱하며 지목하기까지 하였다[先儒傳註, 一切廢不用, 黜春秋之書, 不使 列於學官, 至戲目爲斷爛朝報.]"라는 기록이 나온다. (『송사(宋史)』 권327 「왕안석전 (王安石傳)」) 이에 대해서는 후대에 지어낸 말이라는 주장도 있다.

101 북원(北轅)의 화(禍) : 왕(王)의 대가(大駕)가 북쪽으로 끌려가는 치욕. 즉 금(金)나 라 군대가 남하(南下)하여 송(宋)나라 수도 변경(汴京)을 함락시키고 송의 휘종(徽宗)과 흠종(欽宗)을 체포하여 북으로 돌아간 일을 말한다.

102 선니(宣尼) : 공자(孔子)의 시호. 한(漢)나라 평제(平帝) 때 왕망(王莽)이 정권을 잡 고 공자(孔子)에 대해 추시(追諡)하기를 '포성선니공(褒成宣尼公)'이라고 하였는데, 이 는 대개 선(宣)이라는 시호에다 자(字)인 니(尼)를 합한 것이었다.

103 성인의 …… 두려워한다 : 『논어(論語)』 「계씨(季氏)」에, "군자에게는 세 가지 두려움 이 있으니, 천명을 두려워하고 대인을 두려워하며, 성인의 말씀을 두려워한다[君子有三 畏, 畏天命, 畏大人 畏聖人之言.]"고 하였다.

경전에 통달하였으리라는 점은 말하지 않아도 알겠습니다. 우리 일
본에서도 또한 13경을 통해서 성학을 공부하고 있습니다. 특히 희역
(義易)[104]과 인경(麟經)[105]은 유가의 공부에서 하루도 빠트릴 수 없다
고 생각합니다. 일찍이 듣건대, 귀국에는 진철(陳哲)이 지은 『춘추집
해(春秋集解)』[106]의 세주(細注)와 주희본(朱熹本) 『춘추사고(春秋私考)』
의 주석 및 조학전(曹學佺)[107]이 능했다는 『춘추의략(春秋義略)』에 대
한 주석(註釋)이 있다는데, 지금도 조선에서 간행된 판본이 남아 있
습니까?

1. (『춘추』의) 경(經)에 '원년(元年) 춘왕정월(春王正月)'[108]이라고 한 것

---

104 희역(義易) : 상고 때 복희(伏義)가 『주역(周易)』의 기본이 되는 팔괘를 처음으로
    그었다는 뜻에서 『주역』의 별칭으로 쓴다.

105 인경(麟經) : 『춘추(春秋)』의 별명(別名). 공자가 노나라 애공(哀公) 14년 봄에 남쪽
    을 가다가 어떤 사람이 기린을 잡은 것을 보고 그 글을 마쳤다 하여 '인경(麟經)'이라
    한다.

106 춘추집해(春秋集解) : 모재(慕齋) 김안국(金安國)에 의하면 『춘추집해(春秋集解)』
    12책은 명나라 일민(逸民) 진철(陳喆)이 지었다고 한다. (『모재집(慕齋集)』 권9, 「부경
    사신수매서책인반의(赴京使臣收買書冊印頒議)」)

107 조학전(曹學佺, 1573~1646) ; 명(明)나라 관인(官人), 자 능시(能始), 호 석창(石
    倉), 명 멸망 이후 입산(入山) 자살하였다.

108 춘왕정월(春王正月) : 『춘추』 첫머리에 나온 경문(經文). 『좌씨전(左氏傳)』 공소(孔
    疏)에 보면, 왕도 주왕(周王), 정월도 주왕의 정월을 가리킨 것으로 말하였다. 이를테면,
    '봄은 주왕의 정월'이라는 뜻으로, 이에 대하여 『공양전』에는, "일통(一統)을 중대하게
    여긴 것이다"라고 하였다. 주(周)나라는 자월(子月, 夏正의 11월)을 세수(歲首)인 정월로
    개정하여, 달력이 하(夏)나라보다 2개월 앞서가므로 사시절도 따라서 2개월씩 앞당겨진
    다. 그렇게 보면 사시절도 개정하고 달도 개정한[改時改月] 것이다. 그러므로 주자(朱子)
    가, "『주례(周禮)』에 정세(正歲)와 정월(正月)이 있는 것을 보면 주나라는 사실 원래부터
    춘정월(春正月)을 개정한 것이다. 공자의 '하나라의 역법(曆法)을 사용하겠다'는 말은,
    다만 주나라의 역법이 절서(節序)에 적합하지 않기 때문에, 인월(寅月, 太陰曆의 정월)

에 대해서는 비록 천년이 되어도 결론(決論)이 없습니다만, 이 어려운 문제에 대해 그 대략을 묻고자 합니다. '왕(王)'은 '천왕(天王)'을 뜻합니다. 기년(紀年)[109]을 하면서 '왕(王)'이라고 써서 주(周)의 정삭(正朔)[110]을 천하에 행하고 있다는 것을 보이려고 한 것입니다. 『춘추』의 연월(年月)을 살펴보면, 혹은 주나라 달력을 쓰고, 혹은 하(夏)나라 달력을 쓰고, 혹은 말하기를, "하나라의 계절을 주나라의 월(月) 위에 올려놓았다[夏時冠周月]"고도 말하여, 논의가 일치되지 않습니다. 경(經)에서는 하나라 달력을 쓰고, 전(傳)에서는 주나라 달력을 썼는데, 임씨(林氏)와 좌씨(左氏)는 일부러 주나라 달력을 따랐습니다. 학자(學者)는 스스로 경(經)을 어기면서 전(傳)을 따라서는 안 되지만, 전문(傳文)에도 또한 하나라 달력을 쓴 것이 있어서, 그 본문(本文)을 두고 논쟁적으로 자신의 견해를 내놓았습니다. 호씨(胡氏)가 비로소 "하나라의 계절을 주나라의 월 위에 올려놓았다[夏時冠周月]"고 말하여 (이러한 논쟁적인 견해를) 조제(調劑)하려고 하였는데, 이것은 하나라의 달력을 취한 것을 따른 것입니다. 『시(詩)』『서(書)』『주례(周禮)』에서 '시월(時月)'이라고 말한 것은 모두 하나라 달

로써 세수(歲首)를 삼은 하나라의 역법을 따르려 한 것뿐이다" 하였고, 또 "『춘추』는 노(魯)나라의 역사이므로, 당연히 시왕(時王, 周王)의 역법을 사용해야 한다" 하였다. 그런데 이와 반대로 『춘추호씨전(春秋胡氏傳)』에, "하나라의 사시절을 주나라의 달 앞에 올려놓았다[夏時冠周月]"고 하였으므로, 달만 개정하고 사시절은 개정하지 않은 것[改月不改時]으로 보는 이도 있다.

109 기년(紀年) : 일정한 기원으로부터 계산한 햇수.

110 정삭(正朔) : 책력(冊曆)을 말한다. 예전에, 중국에서 제왕이 새로 나라를 세우면 세수(歲首)를 고쳐 신력(新曆)을 천하에 반포하여 실시하였다.

력과 합치되는데, 어찌 『춘추』만 홀로 그렇지 않겠습니까?

또한 만약 주나라 달력을 고친다면 『춘추』에서 이른바 '정월(正月)'이란 노사(魯史)의 3월에 해당되어 (노나라) 242년의 일[111]이 모두 당시의 일월(日月)이 아니게 됩니다. 성인(聖人)이 어찌 이렇게 했겠습니까? 만약 "하나라의 계절을 주나라의 월 위에 올려놓았다[夏時冠周月]"고 한다면, 11월을 정월이라고 한다면 그 계절은 중동(仲冬)이고, 정월을 3월이라고 한다면 그 계절은 맹춘(孟春)이니, 이것이 이른바 "맹(孟)과 중(仲)이 그 차례를 잃어버렸다"는 것입니다. 또한 여름인 5·6월은 주나라의 7·8월에 있고, 가을인 8·9월은 주나라의 11월에 있게 되어 이것은 계절의 순서가 그 궤도를 벗어나서 선왕(先王)이 사계절의 순서를 고르게 만든 뜻과 어그러지게 됩니다.[112]

또한 부자(夫子)는 주나라의 신자(臣子)이고, 그가 편찬한 『춘추(春秋)』는 노(魯)나라 역사에 관한 옛 문헌입니다. 세상의 계절을 바꾸어서 태평성대의 월 위에 올려놓는다는 것은 감히 생각하기 어려운 일입니다. 그렇다면 계절과 월(月)은 모두 하나라 달력을 따른다는 것은 그 뜻이 어디에 있는 것입니까? 듣고 싶습니다.

1. "공자(公子) 익사(益師)[113]가 죽었다"[114]라는 기사의 익사는 은공(隱

---

111 242년의 일 : 『춘추』는 '노 은공(魯隱公) 원년(元年) 춘왕정월(春王正月)에 은공이 주(邾)나라 의보(儀父)와 멸(蔑)에서 맹약을 하다'에서부터, '애공(哀公) 14년 봄 서쪽에서 사냥하다가 기린(麒麟)을 잡았다'는 데까지 242년의 일을 기록하고 있다.

112 만약 …… 어그러지게 됩니다 : 하나라는 인월(寅月)을 세수(歲首)로 하였고, 은(殷)나라는 축월(丑月)을, 주(周)나라는 자월(子月)을 세수로 하였다. 자월은 현재의 음력 11월이고 축월은 12월인바, 자월과 축월을 세수로 할 경우 정월이 한겨울이어서 춘하추동의 절기가 맞지 않는다. 공자도 "하나라의 책력을 시행하겠다[行夏之時]"고 말하였다.

公)[115]의 숙부(叔父)로서, 귀척(貴戚)의 경(卿)이고 친(親)하였지만 그의
죽음을 박하게 대하여 관직도 쓰지 않고 날짜도 없습니다. 그러나
"신유(辛酉) 3월 여름 신묘(辛卯)에 윤씨(尹氏)가 죽었다"[116]는 기사의
윤씨는 노인(路人)이고 성이 다른 경(卿)이어서 관계가 소원하였지만
그의 죽음을 후하게 대하고 그 마침을 융숭하게 여겨 '씨(氏)'라고 쓰
고 날짜를 썼습니다. 이 윤씨는 가보[家父]로서, 『시(詩)·소아(小雅)』
「절남산(節南山)」 편(篇)에 나오는 사람입니다. 그에 따르면 "가파르
게 높은 저 남산이여. 초목이 골짜기에 가득히 우거져 있도다. 권세
도 혁혁한 태사(太師) 윤씨(尹氏)여. 공평하지 않으니 일러준들 무엇
하리오"라고 하였으며, 또 말하기를, "윤씨(尹氏) 태사(太師)는 주(周)
나라의 근본이라. 나라의 공평함을 지켜서 사방을 유지하네"라고 하
였습니다. 이것을 가지고 본다면 (여기의 '윤씨'는) 주나라 윤길보(尹吉
甫)[117]의 후손으로서 세경(世卿)이므로 '씨(氏)'라고 쓴 것입니다.

공양자(公羊子)가 말하기를, "그 윤씨(尹氏)라고 칭한 것은 세경(世
卿)을 폄하하여 기롱한 것이다"라고 하였습니다. 좌씨(左氏)는 구사

---

113 익사(益師, ?~ BC 722) : 노나라의 공자. 자는 중부(衆父).

114 공자…… 죽었다 : 『춘추(春秋)』 은공(隱公) 원년(元年) 12월의 기사.

115 은공(隱公) : 춘추시대 노나라 임금. 혜공(惠公)의 장서자(長庶子). 이름은 식고(息
姑), 시호는 은(隱). 혜공이 죽자 태자 궤(軌)가 어리므로 섭정(攝政)에 추대되어 11년간
정권을 행사하다가 뒤에 공자 휘(翬)의 참소로 시해되었다. (『사기(史記)』 권33)

116 신유…… 죽었다 : 이 기사는 『춘추(春秋)』 은공(隱公) 3년 하(夏) 4월조에 보인다.
여기의 '3월'은 '4월'의 잘못이다.

117 윤길보(尹吉甫) : 주(周)나라의 장군(將軍). 성(姓) 혜(兮), 자는 백길보(伯吉父). 주
선왕(宣王) 때의 태사(太師)이자 공신(功臣). BC 822년 하(夏) 6월, 엄윤(儼狁)을 토벌
하고 태원(太原)에 이르렀다.

(舊史)의 잘못된 문장이라고 생각하여 '구(口)' 자를 덧붙여서 군씨(君氏)의 성자(聲子)[118]로 보고, 마침내 이와 같은 왜곡된 주장을 한 것이니, 성인의 저술에는 이런 적이 없었던 것을 몰랐던 것입니다. 따라서 좌씨의 주장은 믿을 것이 못 됩니다. 여기의 '윤씨'가 윤길보의 후손이 아니라면, 또 다른 윤씨가 있습니까? 알 수 없는 일입니다. 호씨(胡氏)가 말하기를, "윤씨는 천자(天子)의 대부(大夫)인데, 대대로 작(爵)을 세습하는 것을 기롱한 것이다"라고 하였고, 『좌씨전(左氏傳)』에 말하기를, "여름에 윤씨가 죽었는데, 성자(聲子)이다"라고 하였습니다. 이 두 주장은 모두 정확한 근거를 갖추지 못하였는데, 이와 달리 바르게 설명한 것이 있습니까? 듣고 싶으니 상세히 설명해 주십시오.

답하였다. 여관(旅館)에서 갑자기 살필 겨를이 없으니, 말하고 싶어도 엉성하게 답할 수밖에 없습니다.

1. 가을 9월 을축(乙丑)에 진(晉)나라 조순(趙盾)이 그의 군주인 이고(夷皐)를 죽였다.[119]

『좌씨전(左氏傳)』에서 다음과 같이 말하였습니다. "진(晉) 영공(靈公)이 군주 노릇을 제대로 하지 못하였다. 조순(趙盾)[120]이 자주 간(諫)하자 영공이 싫어하였다. 조천(趙穿)이 영공(靈公)을 공격하여 도원

118 성자(聲子) : 은공(隱公)의 생모(生母)인 군씨(君氏).
119 가을 9월 …… 죽였다 : 『춘추(春秋)』 선공(宣公) 2년 추(秋) 9월 을축(乙丑)의 기사.
120 조순(趙盾) : 진(晉)나라 영공(靈公)의 신하. 시호는 선자(宣子).

(桃園)에서 죽였다. 조선자(趙宣子)가 달아나다가 아직 산을 넘지 않았는데, (영공이 죽었다는 소식을 듣고) 되돌아 왔다. 태사(太史)가 쓰기를, '조순이 그 군주를 시해하였다'고 하였다. 선자가 승복하지 않자 (태사가) 대답하여 말하기를, '그대는 정경(正卿)이 되어가지고 망명하려고 하다가 국경을 넘지 않았는데 돌아와서 역적을 토벌하지 않았으니, (군주를 죽인 것이) 그대가 아니고 누구란 말이오?'라고 하였다. 공자(孔子)가 말하기를, '동호(董狐)[121]는 옛날의 훌륭한 사관(史官)으로서 법도대로 써서 (사실을) 숨기지 않았고, 조선자(趙宣子)는 옛날의 훌륭한 대부(大夫)였으므로 법을 위하여 악명(惡名)을 받아들였다. 애석하구나! (그가) 국경을 넘었더라면 (악명을) 면하였을 것인데!'라고 하였다."

제가 생각하건대, 국경을 넘었더라면 (악명을) 면하였을 것이라고 한 것은 마치 송(宋)나라의 만(萬)[122]이 그의 군주를 죽이고 진(陳)나라로 도망한 것과 같은데,[123] 이것이 무죄(無罪)가 되겠습니까? 부자(夫子)의 말씀이 잘못이 아니라고 한다면 이것은 아마도 속이는 것에

---

121 동호(董狐) : 춘추시대 진(晉)나라 사람. 사관(史官)이 되어 영공(靈公)을 시해한 조순(趙盾)의 일을 직필(直筆)함으로써, 후세에 거리낌 없이 직필하는 사관을 동호필(董狐筆)이라 하였다.

122 만(萬) : 남궁장만(南宮長萬)을 말한다. 장공(莊公) 12년 가을에 만이 송(宋)의 군주 민공(閔公)을 죽이고 진(陳)나라로 도망갔다. 그런데 송나라 사람들이 진나라에 그를 돌려보내라고 요구하여, 부인(婦人)을 시켜서 술을 먹인 다음 무소가죽으로 몸을 싸서 송나라에 돌려보냈다. 그가 송나라에 도착했을 때는 안에서 몸부림을 친 탓에 가죽이 찢어져서 손과 발이 다 드러나 보였다. 이에 송나라 사람들이 그의 몸을 소금에 절여서 젓을 담았다고 한다. (『춘추좌씨전(春秋左氏傳)』 장공(莊公) 12년)

123 『춘추좌씨전(春秋左氏傳)』 장공(莊公) 12년, 추(秋) 8월 갑오(甲午)의 기사.

가깝지 않습니까? 그대 나라의 춘추관(春秋館)에서 두 대인(大人)이
임금을 모시고 경연(經筵)을 행하면서 마음속에 있는 생각을 모두 말
하여 제왕(帝王)의 스승이 되었으니, 말하는 것에 깊은 이치가 있을
것입니다. 자세히 말씀해 주시기 바랍니다.

답하였다. 아직 살펴보지 못했고, 경연에서 강설하였다는 말도 듣지
못했습니다.

1. 시(詩)는 저 성인(聖人)인 공자(孔子)가 그 아들 리(鯉)에게 가르치
면서,[124] 이것을 게을리 하면 담장을 마주한 것처럼[125] 소견이 좁아질
것이라고 하였습니다. 그래서 비록 노시(魯詩)를 귀하게 여겼으나 대
명(大明)과 일본에서는 또한 그 전해진 것을 잃어버려서, 비록 주문
공(朱文公)이라도 읽지 못하였으므로, 노시(魯詩)가 귀하다는 것을 알
지 못하였습니다. 대개 제시(齊詩)·한시(韓詩)·모시(毛詩)는 모두 그
다음입니다.[126] 제가 살펴보니, 『전한서(前漢書)』「유림전(儒林傳)」에

---

124 리(鯉) : 공자(孔子) 아들. 『논어(論語)』「계씨(季氏)」에 "리가 종종걸음으로 뜰을
지나가자 공자가 '시를 배웠느냐?' 하고 물었다. 대답하기를 '아닙니다'라고 하니, 말씀하
시기를 '시를 배우지 않으면 말을 할 수 없다'고 하였다. 리는 물러나와 시를 배웠다"라고
하였다.

125 담장을 마주한 것처럼 : '면장(面墻)'은 사람이 글을 배우지 아니하면 마치 낯을 담장
에다 대고 선 것과 같이 답답하다는 말이다. 『서(書)』「주관편(周官篇)」에, "배우지 않으
면 낯을 담장에 댄 것과 같다[不學墻面]"라고 하였다. 공자(孔子)가 일찍이 아들 백어(伯
魚)에게 이르기를, "네가 『시경』 주남(周南)·소남(召南)의 시를 공부했느냐? 사람치고
주남·소남의 시를 공부하지 않으면 마치 담장에 얼굴을 딱 대고 서 있는 것과 같으니라
[女爲周南召南矣乎? 人而不爲周南召南, 其猶正牆面而立也與.]"라고 하였다. (『논어
(論語)』「양화(陽貨)」)

말하기를, "노(魯)나라의 신공(申公) 배(培)가 젊어서 초(楚) 원왕(元王) 교(交)[127]와 함께 제(齊)나라 사람 부구백(浮丘伯)[128]을 예를 갖추어 섬겨서 시(詩)를 배웠다. 신공은 노나라로 돌아와서 벼슬을 버리고 물러나 집에서 이것을 가르치면서 평생 문 밖에 나가지 않았다. 그러자 제자들이 먼 지방에서 이르러 수업을 받은 사람이 천여 명에 이르렀다"고 하였습니다. 신공은 오직 『시경』으로 교훈을 삼고 의심스러운 것은 빼버리고 전하지 않았습니다.

신공(申公)이 죽을 때 『시(詩)』와 『춘추(春秋)』를 제자들에게 전수하니, 그 이후로 이것이 전해지고 전해져서 산양(山陽) 장장안(張長安)에게 전해졌습니다. 장장안의 형의 아들인 장유경(張遊卿)이 간의대부(諫議大夫)가 되어 노시(魯詩)를 원제(元帝)에게 주었습니다. 이후 이것은 명나라 서촉(西蜀)의 호두산인(虎頭山人) 위조정(韋調鼎) 옥현(玉鉉)에게 전해졌습니다. 그는 노시의 뜻을 가지고 『시경』을 주석하여 『시경비고(詩經備考)』라고 불렀습니다. 저도 또한 읽어보고, 의미(意味)가 심장(深長)한 것을 알았습니다. 묻건대, 그대 나라에는 노시

---

126 그래서 비록 노시를 …… 그 다음입니다 : 『시경(詩經)』의 고전(古傳)에는 네 가지가 있다. 곧 노(魯)나라 사람 신배(申培)가 전(傳)하는 노시(魯詩), 제(齊)나라 사람 원고생(轅古生)이 전(傳)하는 제시(齊詩), 연(燕)나라 사람 한영(韓嬰)이 전(傳)하는 한시(韓詩), 노(魯)나라 사람 모형(毛亨)이 전(傳)하는 모시(毛詩)가 그것이다. 모시 이외의 세 가지는 산일되어 일부분만이 전한다.

127 초(楚) 원왕(元王) 교(交) : 전한(前漢) 때, 초(楚) 원왕(元王)이 세자로 있을 적에 노(魯)나라 사람인 목생(穆生)과 함께 부구백(浮丘伯)에게 시(詩)를 수학했는데, 뒤에 자기가 왕이 되고 나서는 목생을 중대부(中大夫)로 삼았다.

128 부구백(浮丘伯) : 제(齊)나라 사람으로 순경(荀卿)의 문하에서 공부하며 시를 전공한 사람이다.

(魯詩)의 판본(板本)이 있습니까, 없습니까? 자세히 알려 주십시오. 저는 그 책을 구하고 싶습니다.

1. 완릉(宛陵) 매성유(梅聖兪)[129]의 전집(全集) 60권은 귀국(貴國)의 목판은 있는데, 중화(中華) 대명국(大明國)의 누각(鏤刻)은 없습니다. 지금도 (조선에) 이 판본이 있습니까? 일찍이 주회암(朱晦菴)[130]이 말하기를, "당(唐) 이후에는 시(詩)가 없는데, 오직 매요신의 시가 있을 뿐이다"라고 하자, 같이 조정에 있던 제공(諸公)이 기꺼이 동의하였고, 이정(二程)[131]과 사마온공(司馬溫公)·구양수(歐陽脩)[132]·소식(蘇軾)[133]·왕안석(王安石)·황정견(黃庭堅)[134]·진사도(陳師道)[135] 등이 그를 아꼈

---

129 매성유(梅聖兪) : 성유는 구양수(歐陽脩)와 시교(詩交)를 맺었던 송(宋)나라 시인 매요신(梅堯臣, 1002~1060)의 자(字)이다. 세상에서 완릉(宛陵) 선생이라고 부른다.

130 주회암(朱晦菴) : 회암(晦菴)은 주희(朱熹, 1130~1200)의 호. 남송(南宋) 때의 유학자. 주자학(朱子學)을 집대성하여 중국 사상계에 가장 큰 영향을 미쳤다. 자는 원회(元晦)·중회(仲晦), 호는 회암(晦庵) 외에도 회옹(晦翁)·운곡노인(雲谷老人)·둔옹(遯翁) 등이 있다. 존칭하여 주자(朱子)라고 한다.

131 이정(二程) : 북송의 정호(程顥)와 정이(程頤) 형제를 아울러 이르는 말. 정호(程顥, 1032~1085)의 자는 백순(伯淳)이고 명도(明道) 선생이라고 부른다. 정이(程頤, 1033~1107)의 자는 정숙(正叔)이고 이천(伊川) 선생이라고 부른다.

132 구양수(歐陽脩, 1007~1072) : 북송(北宋)의 시인·역사가·정치가. 자는 영숙(永叔), 호는 취옹(醉翁), 시호는 문충(文忠). 송대 문학에 고문(古文)을 다시 도입했고 유교 원리를 통해 정계를 개혁하고자 노력했다. 당송팔대가의 한 사람이다.

133 소식(蘇軾, 1036~1101) : 북송의 시인·산문작가·예술가·정치가. 자는 자첨(子瞻)이고 호는 동파(東坡)로서, 동파거사(東坡居士)에서 따온 별칭이다. 아버지 소순(蘇洵), 동생 소철(蘇轍)과 함께 '삼소(三蘇)'라고 일컬어지며, 이들은 모두 당송팔대가(唐宋八大家)에 속한다.

134 황정견(黃庭堅, 1045~1105) : 북송의 시인·화가·서예가. 자는 노직(魯直), 호는 산곡도인(山谷道人)·부옹(翁). 소동파(蘇東坡)의 문하에서 배웠고 그의 문인화파에 속했다. 이 두 사람은 화풍이 비슷한 이유 외에도 정치적으로 불우했으므로 함께 거론되는

습니다. 그래서 사마광(司馬光)¹³⁶이 그의 애만시(哀挽詩)에서 말하기
를, "내가 성유(聖兪)의 시를 얻었으니, 나에게 이것이 무엇인가? 남
겨서 자손의 보배로 삼으면, 천금(千金)의 주옥(珠玉)보다도 나을 것
이다"라고 하였고, 왕안석(王安石)은 「애만시(哀挽詩)」에서 말하기를,
"문무(文武)의 공업(功業)이 넉넉한 것을 찬미하여 노래하니, 온갖 아
름다움이 구주(九州)에 퍼졌구나! 귀인(貴人)과 영공(怜公)들이 반갑게
눈빛을 마주하며 사람들로 하여금 높은 누각에서 노래 부르게 하네!"
라고 하였습니다. 또한 "일찍이 문강공(文康公) 왕서(王曙)¹³⁷가 그를
보고 탄식하며 말하기를, '2백년 이래 이러한 작품은 없었다'고 하여,
비록 그를 깊이 알고 있었지만 또한 조정에 천거하지는 못하였다.
만약 다행스럽게도 그를 조정에 등용하여 아(雅)와 송(頌)을 지어서
위대한 송나라의 공덕(功德)을 노래하게 하고, 청묘(淸廟)에 올려서
상(商)나라와 주(周)나라 및 노(魯)나라 노래를 지은 사람들을 잇게
하였다면 어찌 위대하지 않았겠는가?"라고 하였습니다.¹³⁸ 이처럼 여

경우가 많다. 그는 소동파·미불(米芾)·채양(蔡襄)과 함께 송사대가로 불린다. 당(唐)의
승려 회소(懷素)의 맥을 잇는 자유분방한 초서체(草書體)로 유명하다.

135 진사도(陳師道, 1053~1101) : 북송(北宋)의 시인. 자는 이도(履道), 호는 후산거사
(後山居士)이다.

136 사마광(司馬光, 1019~1086) : 중국 북송 대의 유학자이자 역사가, 정치가이다. 자는
군실(君實). 섬주(陝州) 하현(夏縣) 사람으로 호(號)는 우수(迂叟), 또는 속수선생(涑水
先生)이라고 불렸다. 시호는 문정(文正). 온국공(溫國公)의 작위를 하사받았다. 선조는
서진(西晋)의 고조(高祖) 선제(宣帝) 사마의(司馬懿)의 동생 사마부(司馬孚)라고 한다.
『자치통감(資治通鑑)』의 저자로 유명하다. 신법(新法)과 구법(舊法)의 다툼에서 구법파
의 영수로서 왕안석과 논쟁을 벌였다.

137 왕서(王曙, 963~1034) : 자 회숙(晦叔). 북송의 정치가. 시호는 문강(文康)이다.

138 일찍이 문강공 왕서가 …… 라고 하였습니다 : 이 부분과 아래의 인용문은 모두 구양수

러 현인들이 그를 칭찬하는 말이 요란하였습니다.

저는 그 시를 읽고, 허망한 것을 없애고 아첨하는 것을 버려서 800
여 년 동안 내려온 썩어 비틀어진 것을 제거한 것이 마치 원기(元氣)
를 깎아서 수많은 변화를 일으킨 것과 같음을 알았습니다. "무릇 밖
으로는 곤충과 물고기, 초목(草木)과 풍운(風雲) 및 조수(鳥獸)와 같은
무리에서 왕왕 그 기괴한 것을 찾았고, 안으로는 근심과 분한 감정이
쌓여 있어서 풍자(諷刺)에서 일어나 떠돌이 신하나 과부(寡婦)의 탄식
을 말하고 인정의 말하기 어려운 것을 묘사하였다. 대개 어려우면
어려울수록 시가 더욱 잘 지어지는 법이다. 그래서 시가 사람을 궁
하게 하는 것이 아니라 아주 곤궁해진 뒤에야 시를 잘 짓는다"라고
저주(滁州)의 구양수(歐陽脩)가 평하였습니다. '성유(聖兪)는 젊어서
음보(蔭補)로 관리(官吏)가 되어 유사(有司)에게 억압받고 주현(州縣)
에서 곤경에 처한 채' 변방에서 오래 고생하였습니다. 그래서 '스스
로 뜻을 얻지 못한 것을 가지고 즐겨 시로 표현'하였습니다. "그의
처형(妻兄)의 아들인 사경(謝景)이 처음에 그 (매요신의) 시가 너무 많
아서 쉽게 잃어버릴까봐 두려워하였다. 그래서 낙양(洛陽)으로부터
오흥(吳興)에 이르기까지 지은 작품을 편차하여 60권을 만들었다."
아! 고기 없이 식사는 할 수 있지만 책상에 성유의 시가 없어서는
안 됩니다. 이처럼 '천금의 주옥'과 같은 시도 주해(註解)가 없으면
알 수 있는 것이 적습니다. 그래서 소동파의 풍자와 기사(譏詐), 산곡
(山谷) 황정견의 산란(散亂)과 굴곡(屈曲)에도 불구하고 소동파와 황

가 지은 매요신 문집 『완릉집(宛陵集)』 「원서(原序)」에서 인용한 것이다.

정견의 시집은 주석(注釋)이 있어서 세상에 널리 퍼졌으니, 어찌 그렇겠습니까? 제가 가만히 비교해 보면, 두보(杜甫)의 시는 주해가 많지만 이백(李白)의 시는 주해가 적으니, 세간의 행복과 불행이 모두 이와 같습니다. 그대 나라에 성유의 시집 판본이 있다는 것은 시류(詩流)의 연원을 거슬러 올라가서 시도(詩道)의 심오한 뜻을 알고 있기 때문이 아니겠습니까? 저는 예전부터 그것을 구하고 싶었습니다.

1. 이백의 율시(律詩)에 주석을 지은 보전(莆田) 사람 임조가(林兆珂)[139] 맹명(孟鳴)의 전기(傳記)는 어떤 책에 있습니까?

1. 『두율집해(杜律集解)』를 주석(註釋)한 소몽필(邵夢弼)의 전기는 어떤 책에 있습니까?

1. 『고문진보(古文眞寶)』 후집(後集)에 서문(序文)을 지은 우강(旴江) 사람 정본(鄭本) 사문(士文)의 전기는 외국에서 새롭게 건너온 잡서(雜書)와 소설(小說), 양승암(楊升菴)[140]의 문집, 『백천년안(百千年眼)』『천일록(千一錄)』『야객총서(野客叢書)』 등에 들어 있지 않았습니다. 이것은 그가 천한 혈통의 촌사람이라서 꽃으로 가득 찬 황사랑의 집에

---

139 임조가(林兆珂, ?~?) : 자는 맹명(孟鳴)이고 보전(莆田) 사람이다. 대략 명 신종(神宗) 연간에 살았다. 만력(萬曆) 2년(1574) 진사(進士)가 되어 관직은 형부랑(刑部郎)에 이르렀다. 시에 능하여 『임백자시초(林伯子詩草)』『모시다식편(毛詩多識編)』『단궁이두시초(檀弓李杜詩抄)』『이시초술주(李詩鈔述注)』 등의 저술이 있다.
140 양승암(楊升菴) : 승암은 양신(楊愼, 1488~1559)의 호이고 자는 용수(用修)이다. 명나라 사천(四川) 사람. 1511년 진사(進士)가 되었고, 가정(嘉靖) 연간의 대례의(大禮議)에 반대하다가 운남(云南)으로 좌천되었다. 여기서 30여 년 동안 많은 책을 보아, 명나라에서 풍부한 저술을 남긴 것으로 유명하다.

서 꽃을 빼버린 것입니까?

1. 『칠서강의(七書講議)』의 편찬자인 시자미(施子美)의 전기는 알 수 없는데, 알려 주십시오.

1. 『칠서구해(七書句解)』를 지은 강백호(江白虎)의 전기는 미상(未詳)인데, 듣기를 원합니다. 자세히 알려 주십시오.

1. 그대 나라는 성인(聖人)의 봉국(封國)이어서 문헌이 풍부하므로 진귀한 서적과 옛 문헌이 많은 것이 중하(中夏)의 대명(大明)보다 낫습니다. 그래서 깊이 있는 질문을 하는 것입니다.

답하였다. 위의 저에게 질문하신 여러 건을 우리나라에서도 또한 고찰하였지만 알 수 없었고, 어떤 책에 나오는지도 알 수 없습니다. 또한 지난날 병화(兵火)의 재앙을 만나서 진귀한 서적과 황금 같은 경전이 모두 소실(燒失)되었습니다.

1. 급제(及第)의 일은 여러 서적에 실려 있는 것이 상세하지 않습니다. 중화(中華)와 그대 나라에서 과거에 합격하면[登科] 그 합격자[擧人]의 관제(官制)와 시관(試官)이 대략 같습니까, 또는 다른 점이 있습니까? 장원(壯元)·방원(榜元)·갑제(甲第)의 품절(品節)이 있습니까? 상세하게 써서 보여주기 바랍니다. 듣고 싶습니다.

답하였다. 급제의 등급은 중화 대명국과 대략 같지만 덜어내고 보탠 것이 있다는 것을 알 수 있습니다.

1. 시(詩)와 악(樂)의 해음(諧音)에 관한 설은 옥산(玉山) 사람 하준(夏浚)[141]이 지은 『예교의절(禮敎儀節)』이 있어서 해설한 것이 비록 상세하지만 오음(五音)[142]·육려(六呂)[143]·육률(六律)[144]의 곡조[調子]와 팔음(八音)[145]의 박자[節奏]가 맞지 않습니다. 그대 나라에도 또한 주시(周詩)를 노래하면서 춤추는 음악이 있는지 듣고 싶습니다. 하준은 거문고[瑟]·생황[笙]·북[鼓]을 육려와 육률에 맞추고, 북의 '사상척공합류(四上尺工合六)'의 글자는[146] 모두 청탁(淸濁)이 상응하는 것을 취하여 모시(毛詩)에 맞추어 노래한 것이니, 비록 음률(音律)에 맞더라도, 우리 일본에서는 상세하지 않습니다. 듣고 싶습니다.

關(大四)關(南工)雎(林尺)鳩(仲上)　在(仲上)河(林尺)之(大四)洲(林尺)

141　하준(夏浚, ?~1561) : 자는 유명(惟明), 호는 월천(月川)이다. 명(明) 가정(嘉靖) 8년(1529) 진사에 급제한 뒤, 지방관으로서 왜구 격퇴에 혁혁한 공을 세웠다. 저서에 『월천유초』와 야사(野史)인 『황명대기(皇明大記)』 등이 있다.

142　오음(五音) : 음률(音律)의 다섯 가지 음. 궁(宮)·상(商)·각(角)·치(徵)·우(羽)의 다섯 음.

143　육려(六呂) : 십이율(十二律) 가운데 2·4·6·8·10·12번의 음성(陰聲)에 딸린 여섯 가지의 소리. 곧 대려(大呂)·중려(仲呂)·남려(南呂)·응종(應鐘)·임종(林鐘)·협종(夾鐘)을 통틀어 일컫는다.

144　육률(六律) : 십이율(十二律) 가운데 1·3·5·7·9·11번의 황종(黃鐘)·대주(大簇)·고선(姑洗)·유빈(蕤賓)·이측(夷則)·무역(無射)은 양(陽)으로 육률(六律)이라고 한다.

145　팔음(八音) : 아악(雅樂)에 쓰는 여덟 가지 악기(樂器) 또는 그 소리를 말한다. 곧, 종(鐘) 등의 금(金), 경(磬) 등의 석(石), 금(琴)·슬(瑟) 등의 사(絲), 적(笛) 등의 죽(竹), 생(笙)·간(竽) 등의 포(匏), 부(缶) 등의 토(土), 고(鼓) 등의 혁(革), 어(敔) 등의 목(木)이다.

146　사상척공합류(四上尺工合六) : '사상척공륙(四上尺工六)'은 궁(宮)·상(商)·각(角)·치(徵)·우(羽)를 말한다.

窈(南工)窕(仲上)淑(林尺)女(仲上)　君(仲上)子(林尺)好(黃合)逑(大四)¹⁴⁷

이처럼 가르치는 것에 쉬운 방법이 있으면 상세히 알려 주십시오.

답하였다. 시(詩)와 악(樂)의 해음(諧音)에 관한 설은 자세하지 않습니다. 위의 1권은 모두 되돌려 드리겠습니다.

『상한필어창화집(桑韓筆語唱和集)』 끝.

천화(天和) 2년 임술(壬戌, 1682)년 가을 9월 6일¹⁴⁸

강호(江戸)의 본서사(本誓寺)에서 조선인과 필담한 것 / 목하순암(木下順菴) 필담(筆談)

하늘과 땅처럼 남과 북으로 수륙(水陸)이 만 리나 떨어져 있는데, 여름을 지나 가을로 들어서는 길목에서 더위를 무릅쓰고 풍토병에 시달리느라 노고가 많은 것을 어찌 말로 다할 수 있겠습니까? 다행히도 금년에는 바람과 비가 때에 맞아 순조롭고 파도가 높지 않아서 배가 다니기 쉽고 수레와 말이 잘 달렸기에, 위험한 여로(旅路)를 지나면서도 일이 어그러지지 않았으니 온화한¹⁴⁹ 군자를 신이 도운 것입니다. 이

---

147 關(大四) …… 逑(大四) : 이것은 『시경(詩經)』의 악보(樂譜)인 것 같은데, 알 수 없다.
148 천화 2년 …… 9월 6일 : 이 부분은 『목하순암고(木下順菴稿)』의 8월 26자 기록과 중복된다. 본 자료는 날짜가 9월 6일로 되어 있으나 『목하순암고』의 8월 26일이 맞다.

것이 어찌 단지 사신의 영광에 그치겠습니까? 실로 두 나라의 경사이니 지극히 축하할 일입니다.

임술년 가을 9월 / 순암(順菴) 목정간(木貞幹)

우아한 모습을 대하고 대인군자(大人君子)임을 알았습니다만, 말이 통하지 않아 그저 눈으로만 보고 있었습니다. 지금 먼저 정중하게 안부를 물어주시고 또 제가 산 넘고 물 건너 온 것을 위로하시어 편지의 말뜻이 간곡하니 10년 전의 친구와 같아, 돈독한 마음에 감사함을 그칠 수 없습니다. 이것은 진실로 두 나라에서 우호를 다져 온 힘에서 나온 것입니다. 높은 덕으로 단련된 모습을 뵈오니 진실로 다행입니다.[150]

공손하게 보잘것없는 시를 엮어서 취허공(翠虛公)[151]의 음단(吟壇)에 올립니다.

문성이 시원하게 해운의 동쪽에 보이니	文星快覩海雲東
은은한 옥색이 군자의 풍모입니다	玉色溫溫君子風
붓은 천 년 후에도 혀 노릇 여전히 하니	毛穎千年舌猶在

---

149 온화한 : 원문의 '개제(愷悌)'는 용모(容貌)와 기상(氣像)이 화평(和平)하고 단아하다는 뜻이다.
150 우아한 …… 다행입니다 : 이 부분은 『목하순암고(木下順菴稿)』에 의하면 성완의 말이다.
151 취허공(翠虛公) : 성완(成琬, 1639~?)의 호. 자는 백규(伯圭). 1666년 식년시에서 진사가 되었다.

한 점으로 감응하여 뜻이 먼저 통하는구려　　　　靈犀一点意先通

중추(中秋) 하순(下旬)[152] / 목정간 씀

삼가 순암이 주신 시에 차운하여
謹次順菴辱示韻

　　　　　　　　　　　　　　　　　　　　　　　취허

박학하고 큰 재주 일본의 으뜸인데　　　　　　博學宏才冠日東

반갑게 맞아주시니 고상한 풍모에 읍합니다　　青眸開處揖高風

나라 사람들이 심복하는 어진 스승이시니　　　邦人定服賢師第

수사학[153]의 연원이 만고에 통하는군요　　　洙泗淵源萬古通

이전 운(韻)을 거듭 써서 사종(詞宗)이신 취허(翠虛)의 책상 아래 올립니다.
重用前韻 奉呈翠虛詞宗案下

　　　　　　　　　　　　　　　　　　　　　　　순암

유유히 깃발 펄럭이며 도가 잠시 동쪽으로 오니　文旆悠悠道暫東

온화한 큰 선비의 맑은 풍모 우러릅니다　　　穆如大雅仰清風

계림의 벽수[154]에 있는 웅걸들이 모이니　　鷄林壁水群英會

---

152 하완(下浣) : 하순(下旬).

153 수사학(洙泗學) : '수사'는 산동성에 있는 수수(洙水)와 사수(泗水)로, 공자가 이 강
  사이에서 제자를 모아 가르쳤다.

수사가 지금 한 물결로 통하는 것을 봅니다 洙泗今看一派通

순암 책상 오른편에 올립니다
奉呈順庵案右

해월옹이 또 지음

지금 원덕수처럼 아름다운 모습을 뵈오니[155] 今逢德秀紫芝眉
문채와 풍류가 한 시대를 풍미하는군요 文彩風流擅一時
담담한 마음으로 기쁘게 서로 사귀니 湛然方寸欣相照
시단에서 만수의 시를 노래해야겠지요 宜唱騷壇萬首詩

취허 사백에게 화답하며
和答翠虛詞伯

순암

글로써 필담하니 각자 눈을 크게 뜨고 文談筆語各揚眉

---

154 벽수(壁水) : 태학관(太學館)을 가리킨다. 고대 중국 천자의 태학인 벽옹(辟雍)의 사면에 물이 벽처럼 둘러 있었으므로 이렇게 말한다.

155 지금……뵈오니 : 원문의 '자지미(紫芝眉)'는 미목이 청수하고 아름다움을 뜻한다. 원덕수(元德秀, 696~754)는 평소에 행실이 뛰어나 천하 사람들이 모두 우러러 보았다. 서권(書卷)은 시렁에 가득했으나 벼슬에서 떠날 때는 짐수레를 타고 갔으며, 죽은 뒤에는 오직 목침(木枕)과 단표(簞瓢)뿐이었고 육십 평생에 여색을 가까이한 일이 없었다고 한다. 이에 재상인 방관(房琯)이 원덕수(元德秀)를 볼 때마다 감탄하며 이르기를, "저 보랏빛 영지같이 청수한 미목(眉目)을 대하면 그때마다 사람으로 하여금 명리(名利)에 관한 마음이 싹 가시게 만든다네"라고 하였다. (『당서(唐書)』「원덕수전(元德秀傳)」)

마주할 때엔 고당에 정이 넘치네요.　　　　情洽高堂相對時

석목[156]이 있는 부상으로 삼만 리 와서　　　析木扶桑三萬里

금낭[157]에 맑은 시를 주워 담았다오.　　　錦囊收拾入淸詩

순암 사장에게 올리고 아울러 제현에게 보이다
奉呈順庵詞丈　兼示諸賢

　　　　　　　　　　　　　　　　　　　　　취허

듣자니 강호(江戶)에는 웅장함이 묻혀 있어　　　聞說江都地埋雄

수많은 재사들 고인의 풍모를 떨친다지요　　　群才大振古人風

구슬 같고 옥 같은 인재가 서로 빛나는 곳에　　琳瑯玉樹交輝處

구름 같이 높은 운율 푸른 허공에 울립니다　　白雲高韻動碧空

아름다운 시에 거듭 차운하여 취허 사문에게 답합니다
重次瓊韻　謝翠虛詞文

　　　　　　　　　　　　　　　　　　　순암 목정간

넓고 넓어 샘처럼 솟는 시 조선 사신 웅장하니　浩浩詞源韓客雄

일시에 두 나라의 풍류를 알겠군요　　　　　一時同見兩邦風

이별한 후 소식 전할 것을 미리 기약하며　　預期別後通音信

156　석목(析木) : 십이지(十二支)의 동방(東方) 즉 인(寅)에 해당하는 성차(星次).

157　금낭(錦囊) : 당(唐)나라 때의 시인(詩人) 이하(李賀)가 명승지를 구경하면서 시를
　　짓는 족족 써서 해노(奚奴)를 시켜 비단 주머니에 넣었던 고사에서 온 말이다.

먼저 구름 속 기러기 가리켜 먼 하늘을 봅니다   先指雲鳴望遠空

마침내 율시 한 수를 지어서 취허 성공 앞에 올립니다
卒賦一律奉呈翠虛成公棐下

순암이 초고를 짓다

우뚝 솟은 고상한 모습 아름다운 노을을 잡은 듯   卓犖高標拏彩霞
뛰어난 재주는 더더욱 흠 없는 옥 같군요   英才況又玉無瑕
일찍이 등과하여 가을 계수나무를 꺾었고   登科早折三秋桂
팔월에 사신 따라 멀리서 바다 건너 오셨네요   隨使遙浮八月槎
붓 끝으로 나눈 필담에 지맥이 통하고   筆下談論通地脈
가슴 속 생각에 하늘의 꽃을 토해내시네   胸中萍思吐天葩
서로 만나 말이 다른 것 어찌 한스러워 하리오   相逢何恨方言異
사해의 사문은 본래 한 집안인 것을   四海斯文自一家

삼가 순암이 보여주신 운에 차운하여
謹步順庵示韻却寄

월헌(月軒)[158]이 붓을 달려 쓰다

어린 나이에 기이한 생각이 청하[159]에 가득하니   妙年奇思鬱青霞

---

158 월헌(月軒) : 성완(成琬)의 호인 해월헌(海月軒)을 말하는 듯하다.
159 청하(青霞) : 강엄(江淹)의 「한부(恨賦)」에 '울청하지기의(鬱青霞之奇意)'가 있는데, 선주(善注)에 "청하기의(青霞奇意)는 뜻이 높음을 말한다"고 하였다.

초나라 옥¹⁶⁰에 한 점 티도 없음을 알겠구려 　楚璧從知欠点瑕

그림자는 함지¹⁶¹의 천 겹 파도를 스치고 　影拂咸池千疊浪

몸은 박망¹⁶²의 신령스런 뗏목을 따르시네 　身隨博望一靈槎

맹생을 이미 알았으니 일찍이 단전을 삼켰고¹⁶³ 　孟生已識曾呑篆

강필¹⁶⁴에 모두 놀라니 더욱 꽃송이를 토해냅니다 　江筆皆驚更吐葩

동도에서 해후한 일 실로 하늘이 도운 것이니 　邂逅東都天實佑

바다 건너 와서 바야흐로 대방가¹⁶⁵를 보았습니다 　出涯方見大方家

처음 아름다운 모습을 접하고 이미 반가운 눈길을 받으니 뛸 듯이 기뻐 거친 시나마 지어서 감사의 표시로 삼가 올립니다.

---

160 초나라 옥 : 춘추시대 초(楚)나라 변화(卞和)가 얻은 옥인 화씨벽(和氏璧)을 가리킨다.

161 함지(咸池) : 해가 목욕한다는 하늘 위의 못, 곧 해가 지는 서쪽 바다를 말한다.

162 박망(博望) : 박망후(博望侯)는 장건(張騫)의 봉호(封號). 그가 황하의 근원지를 밝히려고 뗏목을 타고 하늘 궁전에 이르러 견우(牽牛)와 직녀(織女)를 만나고 왔다는 이야기가 장화(張華)의 『박물지(博物志)』에 실려 있다.

163 맹생(孟生)을……삼켰고 : 한유가 젊었을 때 꿈에서 어떤 사람이 『단전(丹篆)』한 권을 주면서 억지로 삼키게 하였는데 옆에서 한 사람이 손뼉을 치면서 웃고 있었다. 나중에 맹교(孟郊)를 알게 되고서 낯이 익어 생각해 보니 바로 꿈속에서 웃고 있던 옆 사람이었다고 한다.

164 강필(江筆) : 양(梁)나라 때의 문장가인 강엄(江淹)의 붓이란 뜻으로, 그가 일찍이 곽박(郭璞)에게서 오색필(五色筆)을 받아 문명(文名)을 크게 떨쳤다가 뒤에 꿈에 그 붓을 다시 돌려주고는 문재(文才)가 상실되었다는 데서 온 말이다.

165 대방가(大方家) : 문장(文章)이나 학술(學術)이 뛰어난 사람.

창랑 홍공 서안에
滄浪洪公詞案

순암 정간이 짓다

먼 지방에서 어쩌자고 시로 친구 되었나	殊方何意作同盟
한번 만남에 천하고 속된 감정 모두 사라졌습니다	一見渾消鄙吝情
너무 맑으면 벗이 없다는 말 믿지 못하겠으니	未信至淸無友語
그대 때문에 오늘 더러운 갓끈을 씻었습니다	憑君此日濯塵纓

임술년 가을 8월

삼가 순암공이 보여주신 운에 차운하여
敬次順庵公辱示韻

시단(詩壇)의 동맹 주도하여 우두머리 되셨으니	騷壇牛耳擅宗盟
천년을 씻어 낸 백설 같은 정입니다	瀟洒千秋白雪情
찬란한 봉황 빛나는 난새처럼 날아올라	燦若鳳凰鸞彩翻
천리마 같이 달려서 긴 밧줄166을 벗어났군요	逸如騏驥脫長纓

임술년 중추(仲秋) 창랑이 삼가 짓다

---

166 긴 밧줄 : 한(漢)나라 간의대부(諫議大夫) 종군(終軍)이 긴 밧줄[長纓] 하나만 주면 남월(南越)의 왕을 묶어서 궐하(闕下)에 바치겠다고 말했다는 고사가 있다.

창랑 홍공의 음탑에 다시 올립니다
再呈滄浪洪公吟榻

순암이 짓다

시단에 새롭게 올랐는데도 옛 맹약과 같아　　　　　新上騷壇似舊盟

오얏 던지고 주옥 받으니[167] 깊은 정 입었다오　　　李投瓊報荷深情

다행히 엄우[168]를 따라 시화를 이었으니　　　　幸從嚴羽繼詩話

헛된 영화로 말 끈[169] 자랑하는 것 부럽지 않네　　不羨浮榮誇馬纓

순암 사백에게 받들어 올립니다
奉贈順庵詞伯

창랑이 삼가 쓰다

백가의 책 두루 찾아 꽃송이 같은 문장을 씹고　　搜羅百氏咀英華

시단을 널리 보아 저절로 일가를 이루셨군요　　雄視騷壇自一家

공의 시를 익히 들어온 일 괴이하게 여기지 마오　莫怪公詩聞已熟

일찍이 그대의 문하에서 후파[170]를 알았지요　　曾從門下識候芭

167　오얏……받으니 : 『시경(詩經)·위풍(衛風)』「모과(木瓜)」의 "나에게 오얏을 보내
　　줌에, 주옥으로 보답하였네[投我以木李, 報之以瓊玖.]"라는 말을 바꾸어 표현한 것으
　　로, 자신의 시를 겸손하게 낮추며 상대방의 시를 칭찬해 준 말이다.

168　엄우(嚴羽) : 송(宋)나라 사람. 자는 의경(儀卿), 호는 창랑(滄浪). 송시(宋詩)를 산문
　　화하는 것에 반대하여 소식(蘇軾)이나 황정견(黃庭堅)에 불만을 표하였다. 저서에 『창랑
　　집(滄浪集)』 『창랑시화(滄浪詩話)』가 있다.

169　말 끈 : 원문의 '마영(馬纓)'은 말의 가슴걸이를 가리킨다.

170　후파(候芭) : 전한(前漢) 시대 양웅(揚雄)의 제자. 후파는 『태현경(太玄經)』과 『법
　　언(法言)』을 전수받아 이를 후세에 전하였으며, 양웅이 죽은 뒤에 심상(心喪) 3년을 입

창랑 사형에 화답하여 드립니다
奉和滄浪詞兄

순암

계림의 영걸 화려한 문장 마음껏 휘두르니	鷄林英傑擅文華
씩씩한 문체 일가를 이루었다 부를 만하군요	健筆可呼成作家
천년을 넘어 자운[171] 공이 나타난 것 같으니	千載子雲公自在
우리 문하가 어찌 태현경의 후파를 감당하겠소	吾門何耐大玄芭

순암 사백에게 드리고 아울러 자리에 계신 여러분께 보입니다
奉呈順庵詞伯 兼示座上諸君

창랑 지음

산에는 기재[172]가 많고 바다에는 주옥이 많으니	山多杞梓海多珠
사물의 이치는 예로부터 속이는 법이 없네요	物理由來信不誣
좌석에 가득한 제공들은 모두 뛰어난 인재들이니	滿座諸公皆俊選
이생에 이름난 도시에 들어온 것 얼마나 다행인지	此生何幸入名都

었다.

171 자운(子雲) : 전한(前漢) 시대 양웅(揚雄)의 자(字).
172 기재(杞梓) : 고리버들과 가래나무. 모두 유용한 재목이므로 우수한 인재를 일컫는다.

창랑 사장에 차운하여
次韻滄浪詞丈

순암 지음

붓 끝에 만 섬의 야광주 있으니	毫端萬斛夜光珠
조선 손님의 큰 재주를 누가 의심하리오	韓客宏才誰又誣
오경 같은 문장 짓고 시도 지어야 하리니	須爲五經賡鼓吹
이경에서 시를 다 지으면 또 삼도가 있습니다[173]	二京賦了又三都

우연히 시를 썼는데 창랑 사백의 호기를 자극하였다
偶爾成章鼓動滄浪詞伯豪氣

순암 씀

넓고 넓은 세상을 위 아래로 훑어보며	磅礴乾坤俯仰中
고상한 사람의 장한 뜻에 생각이 무궁했으리	高人壯志思無窮
하수의 근원을 월지국[174] 밖에서 묻고자 했더니	河源欲問月支外
해 뜨는 골짜기 일본의 동쪽에 손님으로 오셨네	暘谷來賓日本東
예로부터 푸른 언덕이 초나라 못을 삼켰기에	自古靑丘吞楚澤
지금까지 조선의 물은 중화의 바람을 접하지요	至今鮮水接華風
구름과 안개를 종이 삼고 바다를 벼루 삼아	雲煙爲紙海爲硯
하늘의 붓으로 만 길 무지개를 높이 걸리라	天筆高懸萬丈虹

---

173 이경에서 …… 있습니다 : 원문의 '이경(二京)'은 교토(京都)와 에도(江戶)를 말하고,
'삼도(三都)'는 오사카(大阪)를 가리킨다.
174 월지국(月支國) : 중국의 서역(西域)에 있는 왕국.

순암 사장의 융숭한 대접에 감사하며 차운하다
次謝順菴詞丈盛眷

한번 보자 모습을 잊고 의기투합하여	一見忘形意氣中
무릎 마주하고 문장 논하니 흥취가 무궁하구려	論文促膝興無窮
배를 타고 멀리 개운 포구에서 출발하여	乘槎遠自開雲口
사신이 되어 지금 석목의 동쪽으로 오셨습니다	拭玉今來析木東
손님을 아끼니 여러분의 두터운 호의를 알겠고	愛客知君多厚誼
몽매함 일깨우니 고상한 풍모 마주하여 기쁩니다	擊蒙欣我挹高風
자리에서는 취기에 기대어 붓을 다투어 휘두르니	當筵倚醉爭揮筆
대낮 푸른 하늘에 무지개 빛깔 찬란합니다	白日青天爛彩虹

임술년 중추(仲秋) / 창랑이 삼가 지음

개운(開雲)은 포구 이름인데, 부산 땅의 바다가 시작되는 곳이다.

△ 조선국왕이 일본에 보낸 선물

매[鷹]	10마리[居]
말[馬] 안장 도구를 갖추어[鞍具俱]	2필[匹]
호피(虎皮)	15장
표피(豹皮)	2장
청피(青皮)	30매(枚)
어피(魚皮)	100본(本)
대륜자(大綸子)	10필(匹)

대단자(大段子)	10필
백조포(白照布)	20권(卷)
대조포(大照布)	20권
유포(油布)	20권
청밀(淸蜜)	10병(壺)
황밀(黃蜜)	100근(斤)
인삼(人蔘)	50근
색지(色紙)	20권
색필(色筆)	50자루[柄]
참먹[眞墨]	50홀(笏)

△ 동 세 사신의 선물

수자(繻子)	5권
백조포(白照布)	10필
호피(虎皮)	5매
화석(花席)	5장
황모필(黃毛筆)	20본
유매묵(油煤墨)	10정[梃]

△ 별폭 일본에서 조선국왕에게 보내는 선물

창[鎗]	100자루[柄]
살금시회(撒金蒔繪)[175] 안장 도구	20장(裝)
금지화(金地畫) 병풍(屛風)	20쌍(雙)

살금시회(撒金蒔繪) 광개(廣蓋)	10매(枚)
채문복(綵紋服)	50벌(領)
백은(白銀)	1000매(枚)
월전면(越前綿)	100파(把)

천화(天和) 2년

1. 중국인 통역은 조선말과 네덜란드 말을 모두 한다.

1. 황벽산(黃檗山)[176] 통역관의 말 불사(佛事)에 부리는 사람들이 줄지어 앉는 순서를 붙임.

△ 師父尊號叫甚麼

　キサマノヲンナヲバナニトカモウスゾト云コトナリ

　'사부(師父)의 존호(尊號)는 무엇입니까?'라는 말이다.

△ 直日不相見

　此中ハヒサシクオンメニカカラズト云コトナリ

　'요즘은 오랫동안 뵙지 못했다'는 말이다.

△ 好來

　能ゴザツタト云コトナリ

　'잘 오셨다'는 말이다.

---

175 시회(蒔繪, 마키에) : 일본 칠공예의 장식법 중 하나. 장식하고자 하는 면에 옻으로 문양을 그리고 그 위에 금·은·주석 가루나 색가루를 뿌려 굳히는 것이다. 보통 옻칠을 한 바탕 위에 장식을 하지만 칠하지 않은 바탕 등에도 응용된다.

176 황벽산(黃檗山) : 중국 복건성에 있던 절인데, 에도 시대에 일본으로 전파되어 일본 황벽종이 되었다. 이곳에서 스님들이 통역을 겸하였다.

△ 這裡來

　ココエコイト云コトナリココエキタレト云コトナリ

　'여기에 오라, 또는 여기에 와라'는 말이다.

△ 汝歇在那裏

　ソナタハドコニゴザルゾト云コトナリ

　'당신은 어디에 있습니까?' 라는 말이다.

△ 久不曾來看

　ヒサシクココエゴザラント云コトナリ

　'오랫동안 여기에 오지 않았다'는 말이다.

△ 那裏行

　ドコエユクソト云コトナリ

　'어디로 갑니까?' 하는 말이다.

△ 有事行

　用アリテユクナリ有事ハ用アルナリ

　'볼일이 있어서 간다.'는 말이다. '有事'는 '볼일이 있다'는 말이다.

△ 這裏持來

　ココエモチテコイト云コトナリ

　'여기에 가지고 오라'는 말이다.

△ 會寫字

　モノカクコトナリ

　'글씨를 쓸 수 있다는 것'을 말한다.

△ 不會寫字

　モノカカヌ人ノコトナリ

'글씨를 쓸 수 없는 사람'[177]을 말한다.

△ 汝喫酒麼

ソナタハサケノムカト云コトナリ

'당신은 술 마시겠는가?' 하는 말이다.

△ 喫酒

酒ノムコトヲ云ナリ

'술을 마신다'는 말이다

△ 喫飯

メシクウコトナリ

'밥 먹는다'는 말이다.

△ 喫茶

茶ヲノムコト

'차 마시는 것'

△ 打齊

御トキノコトナリ

'안마해주다'라는 말이다.

△ 僧家

出家ノコトナリマリトモ云朝鮮コトバナリ

'출가'를 말한다. '마리'라고도 한다. 조선말이다.

△ 俗家

---

177 글씨를 쓸 수 없는 사람 : 원문의 '불회사자(不會寫字)'는 '글씨를 쓸 수 없다'고 번역
된다.

俗人ノコトナリ

'속인'이라는 말이다.

△ 頭目

侍ノコトナリ

'무사'를 말한다.

△ 本將

大將コトナリ

'대장(大將)'을 말한다.

△ 來往

ユキキスルコトナリ

'왕래하는 것'을 말한다.

1. 5음[178]이 서로 통하는 치음(齒音)과 설음(舌音). 구전(口傳) 있음.

△ 今日

ケフトイウコトナリ

'오늘'이라는 말이다.

△ 病好麽

氣相ハヨイカト云コトナリ

'기분은 좋은가'라는 말이다.

△ 困了

苦勞シテクタヒレタルト云コトナリクルシムト云コトナリ

---

178 5음(音) : 일본의 발음 체계 오음(五音)을 말한다.

'수고해서 피곤하다, 괴롭다'는 말이다.

△ 睡了

寝ルコトナリ又ネフルコトナリ

'자다, 또는 재우다'는 말이다.

△ 有病

ワヅライアルト云コトナリ

'병이 있다'는 말이다.

△ 冷行

コトノホカノサムサナリキツウサムイト云コトナリ

'의외로 춥다, 대단히 춥다'는 말이다.

△ 熱行

ツヨウアツイト云ナリコトノホカノアツサナリ

'매우 뜨겁다, 의외로 뜨거움'을 말한다.

△ 好行

ヨイト云事テキンハ付字助語字ナリ

'좋다'는 말이다. '行'은 글자에 붙는 조어자(助語字)이다.

△ 起來了

ヲキヨト云コト又ヲキテコイトモ云コトナリ

'일어나라 또는 일어나서 와라'는 말이다.

△ 洗浴 又 洗澡

上下共ギヤウズイスルナリ湯アブルコトナリ

둘 다 '목욕하다, 또는 더운 물로 몸을 씻다'라는 말이다.

△ 醫生

醫者ノコトナリ

'의사(醫師)'를 말한다.

△ 下頭

中間下部小者ノコトナリ

'중간, 부하, 종자(從子)'를 말한다.

△ 百姓

百姓ノコトナリ

'백성'을 말한다.

△ 男子

ヲトコノコトナリ

'남성'을 말한다.

△ 女人

ヲンナノコトナリ

'여성'을 말한다.

△ 畜生

チクシャウト云コトナリ

'짐승'을 말한다.

△ 水魚

ウヲノコトナリ

'물고기'를 말한다.

△ 鳥

トリノコトナリ

'새'를 말한다.

△ 鳥鴉

　　カラスノコトナリ

　　'까마귀'를 말한다.

△ 蠟燭

　　ラウソクノコトナリ

　　'촛불'를 말한다.

△ 菓子

　　クワシノコトナリ

　　'과자'를 말한다.

△ 茱湯

　　汁ノコトナリ

　　'국'을 말한다.

△ 醬油

　　シャウユノコトナリ

　　'간장'을 말한다.

△ 酢

　　酢ノコトナリ

　　'식초'를 말한다.

△ 餅

　　モチノコトナリ

　　'떡'을 말한다.

△ 餅粿

　　ダンゴノルイ皆ヒンゴト云ナリ

떡의 부류를 모두 '병과(餠粿)'라고 한다.

△ 素麪

ソウメンノコトナリ

'국수'를 말한다.

△ 飯

メシノコトナリ

'밥'을 말한다.

△ 豆腐

トウフノコトナリ

'두부'를 말한다.

△ 松菰

松茸ノコトナリ

'송이버섯'을 말한다.

△ 蘿蔔

大根ノコトナリ

'무'를 말한다.

△ 菁菜

萬ノ野菜ノコトナリ又ソエテ食菜ナリ

'모든 야채, 또는 곁들여 먹는 채소'를 말한다.

△ 紙

カミノコトナリ

'종이'를 말한다.

△ 屛風

ヒヤウブノコトナリ

'병풍'을 말한다.

△ 石硯

ススリノコトナリ

'벼루'를 말한다.

△ 吹煙管

キセルノコトナリ

'담뱃대'를 말한다.

△ 煙草

タバコノコトナリ

'담배'를 말한다.

황벽산 법사가 부리는 사람들이 앉는 순서

서서(西序)		화상(和尚)	동서(東序)			
수좌(首座)	1	100	도감사	당중	소집사	객위
서당(西堂)	2	99	감사(監寺)			
후당(後堂)	3	5	유나(維那)			
당주(堂主)	4	8	부사(副寺)			
서기(書記)	6	9	곡좌(曲座)			
장주(藏主)	7	12	직세(直歲)			
지객(知客)	10	14	열중(悅衆)			
지욕(知浴)	11					

방장시자(方丈侍者)

천화 임술 8월 26일 목순암과 본서사(本誓寺)의 여관을 지나면서 조선의 학사인 성취허 및 홍창랑과 창화(唱和)하다.

취허 성공 앞에 올립니다
奉呈翠虛成公案下

부러워라 계림은 문물이 밝아	羨見鷄林文物明
성균관 문을 열자마자 영주에 오르셨네	成均開館共登瀛
천리 장대한 유람은 자장의 뜻[179]이니	壯遊千里子長志
문장으로 드러나 제일가는 이름 떨치리라	振起辭章第一名

공은 문형(文衡)이 되어서 성균관에 선발되었으니 가르침이 뛰어나고 풍부하여 용이 뛰고 봉황이 나는 것 같습니다. 큰 뜻을 품고 있는 사람과 우연히 만났으니 어찌 기쁨을 이기겠습니까? 속된 말로 감사의 말을 하였지만 진실로 귀를 더럽히는 죄를 짓고 말았습니다.

몽와 굴정박(蒙窩堀正樸)이 쓰다.

---

179 자장의 뜻 : 자장(子長)은 사마천의 자이다. 그는 20세 때부터 중국 전토를 종횡무진 유력(遊歷)하며 견문을 넓혔다.

임술년 가을

몽와가 보여준 시에 감사하며 차운하다
次謝蒙窩示韻

상쾌한 시편에 눈이 밝아졌는데	洒落詩篇刮眼明
폭풍처럼 말을 달려 봉래 영주를 지난 듯하네	奕如颷馭過蓬瀛
품에 들어온 곤륜의 옥이 찬란하니	入懷崑玉光璀璨
오색 붓의 강랑180처럼 큰 이름을 떨치시리라	彩筆江郎擅大名

취허

취허 성공 앞에 드립니다
奉呈翠虛成公梧下

통신사로 온 사신들 강호(江戶)의 물가에 이르니	仙槎通信武江濱
바야흐로 풍운이 일어 만나는 때이지요	方是風雲度會辰
한 점 사신의 별 문장의 불꽃이 찬란하니	一点使星文焰璨
오늘 해동에서 천하제일인181을 보는군요	海東今見斗南人

---

180 오색 붓의 강랑(江郎) : 강랑은 남조(南朝) 양(梁)나라 때 문장가 강엄(江淹)을 말한다. 일찍이 뛰어난 문장으로 유명하였으나, 꿈속에서 곽박(郭璞)에게 오색 붓을 돌려준 뒤로는 재주가 상실되었다 한다.

181 천하제일인 : 원문의 '두남(斗南)'은 천하제일인(天下第一人)을 뜻하는 말이다. 당(唐)나라 적인걸(狄仁傑)이 "북두 이남에서 오직 그 한 사람뿐이다[北斗以南, 一人而已.]"라는 평가를 받았다는 고사에서 유래한 것이다.

하늘이 준 기이한 인연으로 홀연히 봉황을 보게 되니 영화(榮華)가 진실로 많습니다. 대충 거친 시를 지어서 그대에게 받들어 올렸는데, 오직 그대를 더럽혀 큰 잘못을 저지른 것 같아 두렵습니다. 다만 바다 같이 품어주시기를 바랄 뿐입니다.

의재(義齋) 흑천현건(黑川玄建)이 받들어 쓰다.

임술년 가을

의재가 보여주신 시에 감사하며 차운하다
次謝義齋示韻

금옥 같은 형제를 바닷가에서 만나니	玉季金崑遇海濱
나그네 길 풍광은 좋은 시절이로구나	客中光景屬良辰
청담을 나눴더니 비길 데 없는 선비를 만났구려	清談幸接無雙士
누가 알았으랴 동방의 제일가는 사람인 줄	誰識東方第一人

취허(翠虛)

취허와 반곡 두 학사에게 드리다
奉呈翠虛盤谷兩學士

현인들께서 산천을 넘어 동쪽으로 오셨다가	群賢東渡隔山川
돌아가는 여장을 차츰 재촉하여 객선을 대었네	漸促歸裝艤客船

바람과 파도가 천릿길에 평온할 것을 알고 있으니　　定識風濤千里穩
부상은 지금이 바로 태평한 시절이기에　　　　　　　扶桑今是太平年

임술년 늦가을 본국사에서 지었는데, 누락되어 여기에 붙인다.

요소(鶉巢) 지음

요소의 시에 차운하다
次鶉巢韻

명산과 대천을 모두 돌아보고　　　　　　　　　　　踏盡名山與大川
서쪽 바다로 다시 목란주를 돌리네　　　　　　　　　西溟更返木蘭船
오직 두 나라의 우의가 두터워지기를 바라노니　　　惟希兩國敦修義
사신으로 온 이곳 일본 왕께선 만만세 누리시길　　　拭玉東王萬萬年

취허

같은 시를 차운하다
同次

얼마나 많은 산과 물을 넘고 건넜는가　　　　　　　踰幾靑山度幾川
다시 창해를 따라서 배를 돌리네　　　　　　　　　　又從滄海掉歸船
기이한 유람은 사마천(司馬遷)에게 자랑할 만하니　奇遊庶可誇司馬
공부하며 지낸 일 년이 아깝지 않아서이지　　　　　不恨工夫費一年

동미(東美) 반곡(盤谷)이 붓을 달려 짓다.

朝鮮人筆談幷贈答詩

---

1 원문은 '玄'이나 '元'의 잘못이다.

一　山田元欽送答詩之事

一　東福寺長老衆與三使送答詩之事

一　諸國筆談贈答之詩

朝鮮國

正使

通政大夫吏曹參議知製敎　尹趾完

副使

通訓大夫弘文館典翰知製敎兼經筵御講官春秋館編脩官　李彦綱

從使

通訓大夫弘文館校理知製敎兼經筵侍讀官春秋館記註　朴慶俊

同知　朴再興

僉知　卞承業

僉知　洪禹載

△　儒士

學士　成琬　製述官　成均館進士

上判事　前主薄　安愼徽

李聃齡

洪世泰　僉正

前直長　鄭文秀

前正　劉以寬

天和二　壬戌　八月　七日

《奉呈朝鮮成均館進士成翠虛李盤谷兩學士洪滄浪僉正以謝面晤》

/了菴　立閑事

青簾白舫自三韓，俊彩遙馳行路難。殊域迎賓何有陋，幸存君子國風寬。

《次韻了菴詞案》/成翠虛

天遙鵬路接桑韓，萬里風濤古亦難。域外相逢眞有數，消愁何待酒杯寬。

《奉謝了菴示韻》/洪滄浪

八月星槎遠自韓，一帆風浪飽艱難。禪窓白日蒲團靜，客裡愁情得暫寬。

《同》/李盤谷

自喜疏慵幸識韓，世間奇會古來難。清談不覺頻傾蓋，客裡愁懷頓爲寬。

《奉謝了菴詞案》/李盤谷

先公翰墨鳴桑域，愛子高名不忝先。門下登龍有舊客，小山文彩冠諸賢。

《次韻詞李盤谷進士示詞》/了菴

一面同堂無異域，鴻才仰見最占先。羞今樗散對騷老，不似竹林千古賢。

《次客軒公示韻》/洪滄浪

星槎來自海西涯，誰料萍蓬會合諧。心契不期言語異，蒲堂一對且開懷。

天和二 壬戌 九月 廿九日

於京都本國寺, 朝鮮國成琬學士及洪世泰、安愼齊、李聃齡, 與瀧
川昨非菴昌樂筆語。

奉呈上滄浪洪公之吟詞壇。

幅巾處士瀧川昨非菴隨有子, 謹啓。

一. 中秋上旬, 公東行前, 初接清容, 見荊州一面, 如登龍門, 喜躍
有餘。與先生結交, 如雲龍井蛙蒙不棄, 何幸如之哉。以譯官由普謁,
則迂遠也, 故命管城子與楮先生, 爲筆語, 而代譯官, 通兩情矣。

一. 公及學士、儒士之姓氏、貴字、尊號, 書之示之。願聞之。

答 /洪滄浪

學士 製述官 成均館進士 成琬 號翠虛 又號海月軒

上判事 前主簿 安愼徽 號愼齋

前直長 鄭文秀

前正 劉以寬

李聃齡 號鵬溟 或號潭洲居士 又號盤谷

洪世泰 僉正 號滄浪子

寫字官之姓名、尊號, 如何? 示之。

李三錫 號雪月堂 李雪峯之子

李華立 號寒松齋

一. 遙聞朝鮮者周舊邦, 而周時封殷太師, 教以禮義田蚕, 作八條之
教, 無門戶蔽, 而人不盜戰矣。曾武王時, 封箕子, 親聖人之國, 而聖
人之臣民也。後王後民化遺風荷賢恩, 處仁遷義, 至今羨鄒魯遺敎不
頹敗, 夏周學術無陵夷焉。今日域之後學, 慕貴國者, 以有聖賢之遺風

之故也。

一. 今也三使及貴體，<u>且成學士</u>、扈從之上下、警蹕官人，越千里之鯨波，涉百里之犬牙，遠遠驛程，遙遙海路，無恙到<u>東武</u>。隣國聘問[2]之禮事畢，及歸帆，是珍重幸甚。至祝。

答 /<u>洪滄浪</u>
如公示諭，三使及上下官人、<u>馬島</u>太守，無難無災，海陸安穩，而到<u>蓬壺東武</u>，盡隣盟之禮，西入華洛。歸國亦有近，惟幸也。

一. 予同門之高第<u>木下順菴</u>，生在<u>東武</u>，與公及成均館學士，有文談爲筆語，有詩篇酬答，通兩國之情，欣躍有餘，日先自<u>東武</u>寄書告予有之。諸其贈答之佳什，盥手嗽口，復圭欲及一唱三嘆，是余願也。

答 /<u>洪滄浪子</u>
如所呈示，公之同門學士與<u>木下順菴</u>，鴻儒於<u>東武</u>。通筆語，博瞻廣識之良材，華夷亦希有之眞儒也。且亦有詩章酬和，蒙靑眸受顧面，欣然幸甚。尤欲爲皈國遶朝之助矣。

一. 謹呈成均館公、李鵬溟公、安愼齋公，此三四公之旅檐下，奉寄小詩，仰願欲需高和。且學典故之闕疑疑文數件，欲問之達之，無譯官就<u>成學士</u>旅館，恨不相見。謹言在公之价紹耳，莫誹非禮，惟望吹噓矣。

---

2 원문은 '間'이나 '問'의 잘못인 듯하다.

答 /洪滄浪

成、李、安、洪之三四人，獲寄芳詩數首及典故之疑文若干條，欲達成學士及李、安兩學生，而和嚴韻酬之也。

一. 桑域之物産，吹煙管幷日本扇，聊獻旅館下，莫道菲儀，莫誹輕尠。或爲覉旅之詩鈞，或爲重會之在券，一則慕仁風，一則表輕餞之寸心矣。

答 /洪滄浪

辱賜桑域之物産兩品，宜達三官士也。雖然，依我國之嚴法，而雖一芥之幣物，不取于人，幷而今也，及還璧，感謝惟多矣。

《呈上滄浪洪公玉詞案》/昨非菴 瀧川昌樂

露宿草行吟驛亭，置郵傳命舊盟馨。千峯方墅驅佳景，三島十洲尋地靈。異域淡交縐風柳，東流遊會逐浮萍。扶桑今夜德星聚，忽輝人天日月星。

《又》/瀧川昌樂走稿

遠離鄉國入蓬宮，夢遶鷄林對乃翁。東話西談親戚會，鐘聲呼覺日桑中。

《次韻謝瀧川昌樂秀才示詞》/洪滄浪

正識王風殘桑域，詩篇字字折檀馨。丁寬《周易》傳東海，安石《春秋》有妙靈。青眼玉人隨弱柳，浮生槎客似蓬萍。如侵帝座誇禳禮，惹得虛名比德星。

《又次韻》/同
曾聞徐氏入蓬宮，仙藥不來男女童。仁義國邊製鯨手，扶桑李杜玉
詩中。

《奉寄成均館學士吟詞壇》/瀧川昌樂
重譯乘槎修舊盟，扶桑多景慰賓情。天吞九域邦如薺，浪簸三山島
似苹。徐福化仙逃方丈，宋濂練句題蓬瀛。日浮海上離暘谷，月出草
中輝武城。

《又》/同
遠木浮天船坐鏡，江山耽景句驚人。蓬萊仙窟良辰夜，換得遼東月
一輪。

《次詩礎謝瀧川昌樂儒伯詞案》/成翠虛
不圖爲客結詩盟，讓禮愍懃遊帝京。雙眼蓬萊萬楓錦，輕身湖海一
浮苹。九淵戰艦溺蒙古，萬里石橋嘲始瀛。百勝不高又非善，太平神
武搆樓城。

《又和》/同
常明心德若明鏡，恥見君臣園衰人。當貴有天死生命，世間禍福轉
車輪。

《奉呈鵬溟李公吟旅館》/瀧川昌樂
大鵬振翅徙蓬瀛，莊老遺風冠玉京。文逐歐蘇吟駕上，詩吞李杜攻
書城。轅停東武坐花醉，船遠蓬壺載月明。言語不通何亦恨，惟將鉛
槧結騷盟。

《又》/同

釣江何事換三公，凹凸巒圖更不工。驛路官船馬蹄疾，一朝看盡萬山楓。

《次韻瀧川隨有軒詞案》/李盤谷

遠去故園浮翠瀛，夢魂先我到華京。八洲三島神仙殿，七寶八珍極樂城。獨坐獨行學康節，昨非今是慕淵明。五風十雨太平象，隣國禮讓修舊盟。

《又次》/同

脩環日月遶天公，佳景懶圖病畫工。暘谷士峯何染盡，歸船難載島山楓。

《呈上野詩二篇成均館海月軒公　幷獻日本扇二柄吹煙管一雙征駕下》/隨有軒昌樂

盛名轟耳聞桑域，始結騷盟青眼中。壺島催詩吹煙管，日東送扇慕仁風。歸船載景月成友，文筆生葩勢吐虹。鳳髓龍腴欠兼味，勝花楓葉爲君紅。

《又》/瀧川昌樂稿

花飛柳綠出朝鮮，楓染菊開入日邊。憶得鄜州杜陵月，君家兒女照閨筵。

《所惠贈昨非菴昌樂公芳詩幷日本[3]扇及吹煙管　次韻謝焉》/成翠虛

我贈詩扇吹煙管，仁風思草用時中。涉獵書圃柳韓學，祖述聖經孔孟風。課讀講筵辨流水，良知修行氣吐虹。尤嘉遠客歸帆速，千里暮霞西嶺紅。

《又》[4] /同

　送我朶雲玉唾鮮, 鴻才驚見<u>日東</u>邊。尤佳筆語代重譯, 易別難逢恨別筵。

《寄主簿愼齋安公》/<u>瀧川昌樂</u>

　萍會別來兩地秋, 旅情閑憺泛虛舟。竹筇數景求詩句, 楓錦包山疑醉眸。鄉夢故園渡<u>鮮</u>水, 歸心日夜滿東流。勸君莫厭蓬壺酒, 西入<u>三韓</u>無客愁。

《又》/同

　書同文字轍輪同, 《洪範》殘經<u>箕子</u>風。易地皆然三島月, 高麗紅錦<u>日東</u>楓。

《次韻瀧川昌樂詞案》/<u>安愼齋</u>

　聖經萬國法輪同, 遊藝爲仁<u>鄒魯</u>風。見道蓬萊仙室裏, 詩篇織錦似丹楓。

《寄瀧川昌樂詞伯詞案》/<u>成翠虛</u>

　遺賢在野憶寬仁, 勒學力行無價珍。域外仙頻好文德, 浮雲富豈費精神。太平有象千村樂, 多福應求萬戶民。試見良田秀苗碩, <u>周王</u>八

---

3 원문은 '木'이나 '本'의 잘못이다.

4 원문에는 제목이 기재되어 있지 않다.

百興仁人。

《又》/同
西隣東海接桑韓, 鶿路行難凌激瀾。昔聽君臣國中學, 今知李杜兩詩間。

《謹賡瓊韻奉謝成學士所寄》/瀧川昌樂
三韓入貢繼王仁, 蓬島饌前無八珍。遊藝讀書師賢聖, 不貪知足養心神。白雉重譯越裳客, 黃雀報公華嶽民。風雨隨時(淸)周代化, 宜花宜柳又宜人。

《又和》/同
文焰惟高逐柳韓, 惡詩我恥欲湔瀾。生吞活剝古賢句, 儉得臭名滿世間。

《呈昌樂昨非菴詞案下》/洪滄浪
日東康節樂泥龜, 累卵不危君寵危。常讀魯詩輕喜[5]註, 深傳《周易》貴程頤。驚人秀句浣花髓, 勸月吟杯五柳詩。幽谷寒鶯一聲碎, 卷而藏匱待春時。

《又》/同
隨波歸艇去, 海路及秋風。蜀錦輝山北, 蓬宮接海東。敗荷分月白, 霜葉似花紅。別後沈鴻鯉, 何時音信通。

---

5 원문은 ‘喜’이나 ‘熹’의 잘못이다.

《謹和瓊韻滄浪洪公奉謝》/隨有軒昌樂

韓客群英五總龜，自南自北定安危。船飛鏡裡三千里，酒盡樽中一百詩。文睨歐蘇藁書腹，賦肩陶謝解人頤。停車坐愛蓬壺晚，所所錦楓吟醉時。

《又和》/同

難期萍會客，聚散任秋風。鼇首舞蓬島，馬韓隣日東。蜃樓連海黑，魚眼射波紅。不用驪駒促，離筵筆語通。

《呈上昌樂詞士吟詞壇》/李鵬溟

始接淸容傾蓋語，正心誠意慕淸平。寒蛩當夜和吟誦，肩鴈叫天引旅情。一飯飽休歌擊壤，三杯何換索浮名。禪林碎夢曉鐘響，深省欲開百八聲。

《又》/同

歸帆湖海風，離別酒杯中。邯枕入仙夢，蓬萊拜后宮。霜楓工染錦，花月又成空。妻恨回文錦，掉頭飛去鴻。

《賡韻謝鵬溟李公文詞壇》/瀧川昌樂

自西思服懷仁惠，四海一家萬國平。碧水白沙湔心緖，靑山紅葉適幽情。夜來染筆記遊跡，異域賦詩殘雅名。師聖傳經日東學，寸長尺短鴳鵬聲。

《又和》/同

歸去及秋風，蓴鱸餞盞中。鯨波呑釣艇，蜃氣構仙宮。千里似無地，八洲如乘空。相望杳目送，離恨托飛鴻。

《用前韻呈瀧川昌樂文士詞案》/滄浪

由來聖學慕周公，域外初知詩句工。慰得客愁蓬島景，于花于月醉紅楓。

《奉和洪公芳詩玉韻詞案》/昌樂

海棠司馬見陽公，詩是牡丹錦字工。何陋東夷君子到，荷花濂洛故吳楓。

《呈昌樂儒伯詞梧下》/洪滄浪

執中讀黃卷，悟道入玄微。海鳥跐波去，山鴉求宿歸。別離餞杯止，滿腹遠帆飛。詩律慕唐宋，日東文焰輝。

《次芳韻謝滄浪洪公所呈》/隨有軒昌樂

大鵬文士遠，寸馬豆人微。金旟照船去，錦帆轉槳歸。鯨魚噴浪暗，鶂首乘雲飛。再會期何歲，忙然送夕輝。

《奇隨有軒昌樂儒伯文案下》/安愼齋

經繼聖賢詩學杜，詩壇推轂甲京城。離筵莫恨言語異，贈答朵雲通兩情。

《步詩礎謝安判事文士所寄》/昌樂

路難蜀棧苴根嶮，喉地秦關大坂城。可惜砧聲碎歸夢，聲聲打恨引鄉情。

《謹呈李盤谷詞伯文壇右》/同

星使靈槎繫海涯，客氈未暖告歸期。毫虹文焰三千文，舟鶂藥囊五

色芝。瓢界山川仙鶴狎，籠中日月織烏移。土峯爲筆琶湖硯，寫出胸
天一紙詩。

《次謝昌樂詞宗瓊壇下》/李盤谷

日梭似織月弓速，蓬島再遊何歲期。仙境泊船索神藥，聖朝示瑞獻
靈芝。魁梧文陣爭奇鬪，英傑高人與物移。寄我一篇霞上作，班班蜀
錦七言詩。

《奉呈昌樂詞伯文几下》/安愼齋

星槎鵒路接東海，仙室靑山綠水居。儒行踐仁欲修道，癡頑無學豈
求譽。蟻杯傾盡三壺酒，螢火常飛萬卷書。殺伐多功難記竹，巍然大
佛拜墳墟。

《又》/同

幽邃崔嵬蓬島鮮，乾坤空闊景無邊。仰高神國多靈地，萬里客愁忘
酒筵。

《和嚴韻謝安判事公》/瀧川昌樂

地是蓬壺幽島上，列仙栖老碧巖居。才人風韻眩凡自，星客無心忘
喜譽。我眼前驚三秋盡，君胸中有五車書。休醫泉石膏肓癖，日域千
山萬水墟。

《又和》/同

筆端驅景悷心鮮，航海棧山暘谷邊。何日扶桑再遊客，先吾蠟淚濺
離筵。

瀧川昌樂

謹問。

一. 周武王封箕子於朝鮮, 箕子傳河圖洛書、洪範九疇於遼東之李氏, 李氏之子葉孫枝, 世爲家業。李氏之後裔, 傳之菁川姜沆, 所公素知也。姜沆傳之曰東儒宗北肉山之廣胖藤斂夫惺窩, 而《易》旣東矣。惺窩, 以河圖洛書、《周易》《春秋》《詩》《書》, 傳之我師松永昌三及林羅山。此二學士, 惺窩師之伐柯, 而青於藍者也, 惺窩旣沒, 文不在茲歟。爾來再傳, 而昌三傳其子松永昌易、同姓永三及木下順菴、某瀧川昌樂, 其餘, 皆日本俗傳之固陋癖學, 而不足取者也。其姜沆之苗裔, 今猶存乎? 仰願聞之, 曲告之。

卽答。姜沆之後嗣苗孫, 今則亡。中葉其後裔, 賣名衒學, 貪得耽利, 逢流刑而貶剝於官祿, 遇赦死路矣。惟餘臭名耳。

一. 宋董眞卿之《周易會通》二十卷, 有朝鮮本, 而無大明國之板本也。此梓板, 今存貴國乎? 予從來欲需之矣。

一. 互卦之說, 邵雍纔說, 而無全言, 雖朱晦菴不說之, 董眞卿, 言之詳也。全篇載而有《會通》, 而乾坤二卦無互, 如何? 詳示之。

一. 孔子《大象傳》《小象傳》者, 指何理義而說之乎? 願聞之, 審示之。

一. 乾下乾上 如此, 在每卦之上, 而六十四卦, 俱繫之, 何人註之乎?

一. 《繫辭》者, 孔子之精力在此書, 《周易》之深理, 皆籠之。殊我儒, 知人間一生生死之去來, 知幽冥鬼神之情狀。又曰:“精氣爲物, 游魂爲變矣。”朱註曰:“陰精陽氣, 聚而成物, 神之伸也。魂游魄降, 散而爲變, 鬼之歸也。”生死鬼神, 皆陰陽之變, 天地之道也。樂按, 人死而燒之, 則爲灰, 埋之成土。此時魂魄, 寓何處而爲變爲人鬼乎? 殊有佛氏七七之說, 故大藏一覽, 尊者說摩達多曰:“中有極多矣, 住七七四十

九日, 定結生故也。迷中有住經七日, 不久住故也。" 以是有詭言癖說,
邪誕矢妄之說蜂起, 殊不知。《韻語陽秋》曰: "人生四十九日, 七魄全,
其死四十九日, 而七魄散, 是以有七七之說。" 夫生死, 氣之聚散也。
不散不死, 禮之有復孝子情, 而致其情而止矣。味此言, 則佛氏言近
理, 而大亂眞誣民惑衆, 甚多矣。我儒有人鬼有形質, 天陰則往往鬼哭,
而與人接之說。蓋誠論之, 是氣逆, 則其魄氣, 降散碍凝, 現形質, 乘
陰氣, 往往鬼哭矣。又氣順, 則散冥, 實魄歸泉矣。董仲舒曰: "有一鬼
蓬頭, 手提屠刀, 勇而前歆。" 其祭者, 是逆氣所爲變, 是其證也。然爲
浮屠事, 而朱熹[6]不說之, 鄭子産、漢鄭玄、高誘、且淮南子、楊升菴
等集, 亦雖有魂魄聚散之說, 不及人物生死, 鬼神游魂, 爲逆氣凝滯,
而爲變之說矣。林子獨從識神而變者, 以夢說之。其言曰: "自太虛中
來者, 元神也, 遂化爲識神矣。故其夢都從識神而變, 釋氏四生六道,
亦從游魂而變, 故孔子曰: ‘游魂爲變。’" 此說得之乎? 吁! 雖近理, 非的
理。夫夢, 寓五藏爲之, 魂寓肺魄寓肝, 而見夢, 燒其肺肝而爲土灰,
則魂魄識神, 寓何處, 爲夢乎? 爲土灰, 則其七魄心神, 散而歸太虛而
成空, 爲天地氣, 又滿太虛, 此時何夢之有哉? 豈地獄天堂之有哉? 是
林子亦非的說。莊周曰: "死生亦爲大也。" 釋氏以謂, "生死事大, 無常
迅速, 而其氣順, 則歸天地, 而一念三千, 萬法一心。無上正[7]等正覺,
涅槃妙心, 實相無相, 不生不滅之妙體者。因臨終正念, 無心無念, 眞
空妙智, 順氣之工夫也。" 吁! 三聖如三鏡, 其氣正順, 而聚散於天地之
間, 況於儒家, 豈可忽之乎? 常拳拳服膺, 守幽明生死游魂變鬼神之
理, 引而伸之, 觸類而長之, 雖不中不遠, 乘化以歸盡, 樂夫天命, 復奚

---

6 원문은 '喜'이나 '熹'의 잘못이다.
7 원문은 '上'이나 '正'의 잘못이다.

疑矣? 而於生死游魂之說, 無的說。詳亦我渴心願之。

答云, 生死鬼神游魂說, 今古之眞儒, 亦無正說嘉言, 何? 況於腐儒哉。

一. 前十卦後十卦之說, 朱子雖說之《啓蒙》, 日東儒士, 失其正傳, 暗然。卜筮考之, 有捷徑之理乎? 聞之說, 喩之。

一. 河圖方位, 南有火, 西有金矣, 而洛書方位者, 南有金, 西有火者, 何乎? 曲示之。

一. 人生一生, 本卦之占。戰國時, 有鬼谷先生, 斷易之說, 而無眞儒。邵、程、朱、陸之正說, 而謂不足是信用, 棄而如土。然近世, 有邵康節之玄玄合璧說, 一生年月日時之本卦, 詳也。貴國, 亦有占於人生一生之本卦乎否? 願聞之。

一.《春秋》經者, 聖人之志, 在此書, 讀之行之, 則正五倫, 定名分。因之, 亂臣賊子輩, 有勸善懲惡, 而不蒙首惡之名, 千載不易之常法也。然宋王安石, 斷[8]爛朝報, 不列學官, 先聖筆削之書, 棄而不用, 人主不得聞講說, 學士不得相傳習, 而宋末遂有夷狄北轅之禍。孔子曰: “我[9]志在《春秋》, 行在《孝經》。” 二書抹去, 禍及國家, 宣尼之書, 可謂靈矣。故曰: “畏聖人之言矣。” 御講官春秋館李彥綱公及弘文館兼經筵侍讀官春秋館朴慶後公, 通讀於五經, 宏瞻之才華, 豪縱之臣筆。有弘文館之號, 則通六經秘矣。是經學之淵源, 尤酌而可探知者也。

一. 公者, 親炙于兩大人, 化德通經, 不言而知焉。我日本, 亦以十三經爲聖學之階梯。殊以羲易、麟經爲儒家之擧業, 而不可一日而闕也。

---

8 원문은 ‘爲’이나 ‘斷’의 잘못이다.
9 원문은 ‘我’이나 본래는 ‘吾’가 맞다.

曾聞貴國, 有陳哲之《春秋集解》之細註, 幷熹[10]本之《春秋私考》之箋解, 及曹學佺能之《春秋義略》之註釋, 今猶存朝鮮之板行本否?

一. 經, 元年春王正月者, 雖千歲不決之論, 略扣問難。王, 天王也。紀年書王, 以見周之正朔, 行于天下也。按《春秋》年月, 或用周正, 或用夏正, 或云以夏時冠周月, 論不一矣。經用夏正, 傳用周正, 林氏、左氏, 故從周正。學者, 自不宜悖經而從傳也, 然傳文亦有用夏正者, 于其本文, 駁出自見。胡氏, 始用夏時冠周月, 以調劑之, 依之從取夏正也。《詩》《書》《周禮》所言時月, 皆與夏正合也, 而《春秋》何獨不然? 且若革周正, 則《春秋》之所謂正月者, 魯史之三月, 而二百四十二年之事, 皆非當時之日月矣。聖人豈爲之哉? 如謂以夏時冠周月, 意必如十一月爲正月, 而時仍爲仲冬, 正月爲三月, 而時仍爲孟春, 是謂孟仲失其倫。又如夏五六月, 而在周已七八月, 秋八九月, 而在周已十一月, 是謂時序乖其度, 與先王平秩四時之義, 舛矣。且夫子, 周臣子也, 所修《春秋》, 魯史之舊文也。以易世之時, 而冠昭代之月, 義之所不敢出也。然則時與月, 俱從夏正者, 于義何居? 願聞之。

一. 公子益師卒, 是益師者, 隱公之叔父, 貴戚之卿而親, 然却薄其終, 而不書官不日。然辛酉三月夏辛卯尹氏卒, 是尹氏, 路人, 他姓之卿而疏, 然却厚其終, 隆其卒, 而書氏書日。此尹氏家父者, 據《詩·小雅》《節南山》之篇, '節彼南山, 有實其猗。[11]赫赫師尹, 不平謂何。' 又曰: '尹氏太師, 維周之氏。秉國之鈞, 四方是維。' 以之見之, 周尹吉甫之苗裔, 而世卿書氏。公羊子曰: "其稱尹氏, 貶而譏世卿也。" 左氏因舊史訛文, 缺一口字加之, 爲君氏聲子, 遂爲此曲說, 而不知聖筆未嘗

有也。左氏之說, 不足信矣。尹氏, 非尹吉甫之末, 而有他尹氏乎? 未
可知。按胡氏曰: "尹氏, 天子大夫, 譏世爵。"《左氏傳》曰: '夏尹氏卒,
聲子也。' 此二說, 俱非的據, 餘有正說之明乎? 願聞之, 曲示之.

答。旅館倉卒, 不暇考追, 而欲言之, 以及疏答也。

一。秋九月乙丑, 晉趙盾弑其君夷皋。

《左傳》晉靈公不君。趙盾驟諫, 公患之。趙穿攻靈公於桃園, 殺之。
宣子未出山而復。太史書曰: '趙盾弑其君。' 宣子不服, 對曰: "子爲正
卿, 亡不越境, 反不討賊, 非子而誰?" 孔子曰: "董狐古之良史, 書法不
隱, 趙宣子古之良大夫也, 爲法受惡。惜也! 越竟乃免。" 樂謹按, 使越
竟而免, 則如宋萬之行殺, 而奔陳者, 卽爲無罪乎? 夫子言不誤, 恐不
若是誣? 貴國春秋館, 二大人侍講講筵, 振三寸爲帝王師, 說之有深
理, 冀曲示之。

答。未考之, 未聞講說矣。

一。《詩》, 夫聖人敎鯉, 使逸面墻。是以雖貴魯詩, 中華大明日東,
亦失其傳, 雖朱文公, 不讀之, 是以不知魯詩之貴矣。蓋齊詩、韓詩、
毛詩, 次之。按《前漢書》《儒林傳》曰: "魯申公培, 小與楚元王交, 俱事
齊[12]人浮丘伯, 受詩。申公歸魯, 退居家敎, 終身不出門。弟子自遠方
至, 受業者千餘人。" 申公, 獨以《詩經》爲訓, 疑者則闕弗傳。申公卒
時, 以《詩》《春秋》授弟子, 爾來傳傳, 傳山陽張長安。張生兄子游卿,
爲諫議大夫, 以魯詩授元帝。以後在明朝, 西蜀虎頭山人韋調鼎玉鉉
傳之, 而以魯詩之意註《詩》, 號之曰,《詩經備考》。予亦讀之, 知意味

---

12 원문은 '齋'이나 '齊'의 잘못이다.

深長也。借問, 貴國, 有魯詩之板本乎否? 曲示之, 我欲求之。

一. 宛[13]陵梅聖兪, 全集六十卷, 有貴國之梓板, 而無中華大明國之鏤刻, 今猶有此板本乎? 曾朱晦菴曰: "唐後無詩, 唯有梅堯臣之詩。" 同朝諸公甘之, 二程、溫公、歐、蘇、安石、黃、陳曹愛之。 故司馬光哀挽詩云, '我得聖兪詩, 於身果何如。 留爲子孫寶, 勝有千金珠。' 又王安石挽詩曰: "頌歌文武功業優, 經奇緯麗散九州。 貴人怜公青兩眸, 吹噓可使高吟樓。" 又 "曾王文康, 嘗見而歎曰: '二百年無此作矣。' 雖知之深, 亦不果薦也。 若使其幸得用於朝廷, 作爲雅頌, 以詠歌大宋之功德, 薦之淸廟, 而追商、周、魯頌之作者, 豈不偉哉?" 如此諸賢, 稱譽嗷嗷兮。

余讀其詩, 知之去誕棄諛, 八百餘年, 掃去朽枯, 如豍元氣, 變化百殊。 "夫外見蟲魚草木風雲鳥獸之狀類, 往往探其奇怪, 內有憂思感憤之鬱積, 其興於怨刺, 以道羇臣寡婦之所歎, 而寫人情之難言。 蓋愈[14]窮愈工, 然則非詩之能窮人, 殆窮者而後工也者。" 滁州歐陽修, 評之。 兪少蔭補爲吏, 抑於有司,[15] 困於州縣, 苦陲沈, 自以不得志者, 樂詩而發之矣。 其妻之兄子謝景, 初懼其多而易失也, 取其自洛陽, 至于吳興以來, 所作次爲六十卷矣。 吁! 可使食無肉, 不可机無聖兪之詩也。 如此之千金珠玉詩, 無註解而知之者, 少也。 然東坡怨刺譏詐, 山谷散亂屈曲之, 蘇黃之詩集, 以有注釋, 而周行于世, 何乎? 予潛方之, 杜詩多註者, 李詩寡註解, 世間幸不幸之類如斯。 然貴國有聖兪之詩集之鏤板者, 溯洄詩流之淵源, 知詩道之玄味之至乎? 予從來欲求之矣。

---

13 원문은 '苑'이나 '宛'이 옳다.
14 원문은 '兪'이나 『완릉집(宛陵集)』 서문(序文)의 '愈'를 따른다.
15 원문은 '同'이나 『완릉집(宛陵集)』 서문(序文)의 '司'를 따른다.

一. 李律述註之作者, 蕭林兆珂孟鳴父之傳, 在何書乎?

一. 杜律集解之註者, 邵夢弼之傳, 在何書籍乎?

一.《古文後集》製序者, 旴江鄭本士文之傳, 新渡雜書小說, 楊升菴之集,《百千年眼》《千一錄》《野客叢書》等之集, 不載之。彼賤種野夫, 而減花滿溪黃四娘耶?

一.《七書講議》撰者, 施子美之傳, 未審, 告之。

一.《七書句解》作者, 江白虎之傳, 未詳, 願聞之, 曲示之。

一. 貴邦, 聖人封國, 而文獻足, 而多珍書古籍, 而有勝於中夏大明者矣, 故深問之也。

答。右數件之問訊於我, 蔽邦亦考之, 未知之, 未知所出于何書也。且昔日罹兵火, 珍書金經, 悉燔失焉。

一. 及第之事, 諸書所載, 未詳。中華與貴國之登科, 其擧人官制試官, 略同乎, 又有同異乎? 狀元、榜元、甲第之品節, 有之乎? 冀曲書而示之, 欲聞之。

答。及第之品, 與中華大明國略同, 而所損益, 可知耳。

一. 詩樂諧音之說, 玉山夏俊作《禮敎儀節》, 說之雖詳, 五音、六呂、六律之調子, 節奏八音不和。貴國, 亦歌周詩而爲舞樂, 願聞之。夏浚, 以瑟笙鼓, 當六呂、六律, 鼓四上尺工合六之字, 皆取清濁相應, 繫毛詩而歌之, 而雖調音律, 我日本未詳矣。願聞之。

關大四關南工雎林尺鳩仲上 在仲上河林尺之大四洲林尺 窈南工窕仲上淑林尺女仲上 君仲上子林尺好黃合述大四

如此敎之, 有捷徑之術, 曲示之。

答。詩樂諧音之說, 未詳也。右一卷, 卷而還璧之矣。

《桑韓筆語唱和集》終

天和二 壬戌之秋 九月 六日

<u>於江戸本誓寺與朝鮮人筆談</u>[16] /<u>木下順菴</u> _{筆談}

天南地北, 水陸萬里, 經夏渡秋, 冒暑衝瘴, 賢勞辛勒, 更僕何罄? 幸是今年, 風雨時若, 海波不揚, 舟楫之利涉, 車馬之載馳, 乘危過險, 事不失素, 愷悌之君子, 神之所扶。豈只使華之榮?[17] 實惟兩國之慶, 至祝。

壬戌之秋 九月[18] /順菴木貞幹

卽對雅範, 知其大人君子人也, 第邦音不通, 只自目擊而已。今承先訊之鄭重, 且慰不佞之跋涉, 書意縷縷, 有同十年前故舊, 感敦無已。此誠由於兩國敦修之力, 獲覩長德之陶儀, 寔可幸也。[19]

《敬綴下里一章以呈翠虛公吟壇》

文星快覿海雲東, 玉色溫溫君子風。毛穎千年舌猶在, 靈犀一点意先通。

仲秋下浣　/<u>木貞幹稿</u>

---

16 이 아래 부분은 통신사 필담창수집 『목하순암고(木下順菴稿)』의 앞부분과 중복된다.

17 원문에는 '榮'이 누락되었으나, 『목하순암고(木下順菴稿)』에 의거하여 보충하였다.

18 『목하순암고』에는 '秋八月下浣'으로 되어 있다.

19 『목하순암고』에는 여기에 '翠虛'라고 작자가 명기되어 있다. 그리고 그 아래 취허(翠虛) 성완(成琓)과 창랑(滄浪) 홍세태(洪世泰)의 대화가 빠지고, 이어지는 목하순암의 대화인 "弊門人柳剛, 過蒙稱譽, 感佩實深, 如不肯, 箕斗虛名, 謬泛高聽, 慙悚何言。"이 누락되었다.

《謹次順菴辱示韻》

博學宏才冠日東, 靑眸開處揖高風。邦人定服賢師第, 洙泗淵源萬
古通。/翠虛

《重用前韻 奉呈翠虛詞宗案下》

文旆悠悠道暫東, 穆如大雅仰淸風。鶏林壁水群英會, 洙泗今看一
派通。/順庵

《奉呈順庵案右》

今逢德秀紫芝眉, 文彩風流擅一時。湛然方寸欣相照, 宜唱騷壇萬
首詩。/海月翁又稿

《和答翠虛詞伯》

文談筆語各揚眉, 情洽高堂相對時。析木扶桑三萬里, 錦囊收拾入
淸詩。/順庵

《奉呈順庵詞丈 兼示諸賢》

聞說江都地埋雄, 群才大振古人風。琳瑯玉樹交輝處, 白雲高韻動
碧空。/翠虛

《重次瓊韻 謝翠虛詞丈》[20]

浩浩詞源韓客雄, 一時同見兩邦風。預期別後通音信, 先指雲鳴望
遠空。/順庵木貞幹

---

20 『목하순암고』에는 '詞丈'이 '詞兄'으로 되어 있다.

《卒賦一律 奉呈翠虛成公棐下》

卓犖高標拳彩霞，英才況又玉無瑕。登科早折三秋桂，隨使遙浮八月槎。筆下談論通地脈，胸中萍思吐天葩。相逢何恨方言異，四海斯文自一家。/順庵具艸

《謹步順庵示韻却寄》

妙年奇思鬱靑霞，楚璧從知欠点瑕。影拂咸池[21]千疊浪，身隨博望一靈槎。孟生已識曾呑篆，江筆皆驚更吐葩。邂逅東都天實佑，出涯方見大方家。/月軒走稿

始接紫眉，旣蒙靑盻，欣躍之深，謹呈俚詞以謝。

《滄浪洪公詞案》

殊方何意作同盟，一見渾消鄙吝情。未信至淸無友語，憑君此日濯塵纓。/順庵貞幹稿[22]

壬戌秋八月

《敬次順庵公辱示韻》

騷壇牛耳擅[23]宗盟，瀟洒千秋白雪情。燦若鳳凰鸞彩翻，逸如騏驥脫長纓。

壬戌仲秋 /滄浪謹稿

---

21 원문은 '感地'이나 『목하순암고』의 '咸池'를 따른다.
22 『목하순암고』에는 '壬戌秋八月 順庵木貞幹稿'로 되어 있다.
23 원문은 '壇'이나 '擅'의 잘못이다.

《再呈滄浪洪公吟榻》[24]

新上騷壇似舊盟，李投瓊報荷深情。幸從嚴羽繼詩話，不羨浮榮誇
馬纓。/順庵稿

《奉贈順庵詞伯》

搜羅百氏咀英華，雄視騷壇自一家。莫怪公詩聞已熟，曾從門下識
候芭。/滄浪謹稿

《奉和滄浪詞兄》

鷄林英傑擅[25]文華，健筆可呼成作家。千載子雲公自在，吾門何耐
《大玄》芭。/順庵

《奉呈順庵詞伯　兼示座上諸君》

山多杞梓海多珠，物理由來信不誣。滿座諸公皆俊選，此生何幸入
名都。/滄浪稿

《次韻滄浪詞丈》[26]

毫端萬斛夜光珠，韓客宏才誰又誣。須爲五經賡鼓吹，二京賦了又
三都。/順庵艸

《偶爾成章　鼓動滄浪詞伯豪氣》

磅礴乾坤俯仰中，高人壯志思無窮。河源欲問月支外，暘谷來賓日

---

24 원문에는 여기에 '新上'이 있는데,『목하순암고』에 의하면 연문이어서 삭제하였다.
25 원문은 '壇'이나 '擅'의 잘못이다.
26 원문은 '文'이나『목하순암고』의 '丈'을 따른다.

本東。自古青丘吞楚澤，至今鮮水接華風。雲煙爲紙海爲硯，天筆高
懸萬丈虹。/順庵稿

《次謝順菴詞丈[27]盛眷》

一見忘形意氣中，論文促膝興無窮。乘槎遠自開雲口，拭玉今來析
木東。愛客知君多厚誼，擊蒙欣我把高風。當筵倚醉爭揮筆，白日青
天爛彩虹。

壬戌仲秋 /滄浪謹稿

開雲，浦名，釜山地開洋處也。

△ 從朝鮮國王遭贈日本御進物

鷹	十居
馬 鞍具俱	二匹
虎皮	十五張
豹皮	二張
青皮	三十枚
魚皮	百本
大綸子	十匹
大段子	十匹
白照布	二十卷
大照布	二十卷
油布	二十卷
青蜜	十壺

27 원문은 '文'이나 『목하순암고』의 '丈'을 따른다.

黃蜜	百斤
人蔘	五十斤
色紙	二十卷
色筆	五十柄
眞墨	五十笏

△ 同三使御進物

繻子	五卷
白照布	十匹
虎皮	五枚
花席	五張
黃毛筆	二十本
油煤墨	十梃

△ 別幅從日本遭爲贈朝鮮國王御進物

鑓	百柄
撒金蒔繪鞍具	二十裝
金地畫屛風	二十雙
撒金蒔繪廣蓋	拾枚
綵紋服	五十領
白銀	千枚
越前綿	百把
天和貳年	

一. 唐人口通事 幷朝鮮言葉 阿蘭陀言葉

一. 黃檗山通事言葉 付法事列座役者之次第

△ 師父尊號叫甚麼　キサマノヲン十ヲバ十二トカモウスゾト云コトナリ

△ 直日不相見トハ　此中ハヒサシクオンメニカカラズト云コトナリ

△ 好來トハ　　　　能ゴザツタト云コトナリ

△ 這裡來トハ　　　ココエコイト云コトナリココエキタレト云コトナリ

△ 汝歇在那裏トハ　ソナタハドコニゴザルゾト云コトナリ

△ 久不曾來看トハ　ヒサシクココエゴザラント云コトナリ

△ 那裏行トハ　　　ドコエユクト云コトナリ

△ 有事行トハ　　　用アリテユクナリ有事ハ用アルナリ

△ 這裏持來　　　　ココエモチテコイト云コトナリ

△ 會寫字　　　　　モノカクコトナリ

△ 不會寫字　　　　モノカカヌ人ノコトナリ

△ 汝喫酒麼　　　　ソナタハサケノムカト云コトナリ

△ 喫酒　　　　　　酒ノムコトヲ云ナリ

△ 喫飯　　　　　　メシクウコトナリ

△ 喫茶　　　　　　茶ヲノムコト

△ 打齊　　　　　　御トキノコトナリ

△ 僧家　　　　　　出家ノコトナリマリトモ云朝鮮コトバナリ

△ 俗家　　　　　　俗人ノコトナリ

△ 頭目　　　　　　侍ノコトナリ

△ 本將　　　　　　大將コトナリ

△ 來往　　　　　　ユキキスルコトナリ

一. 五音相通齒音舌音有口傳

△ 今日トハ　　　　ケフトイウコトナリ

△ 病好麼　　　　　氣相ハヨイカト云コトナリ

△ 困了

苦勞シテクダヒレタルト云コトナリクルシムト云コトナリ

△ 睡了　　　　　　寝ルコトナリ又寝フルコトナリ

△ 有病　　　　　　ワヅライアルト云コトナリ

△ 冷行　　　　　　コトノホカノサムサナリキツウサムイト云コトナリ

△ 熱行　　　　　　ツヨウアツイト云ナリコトノホカノアツサナリ

△ 好行　　　　　　ヨイト云事テキンハ付字助語字ナリ

△ 起來了　　　　　オキヨト云コト又オキテコイトモ云コトナリ

△ 洗浴　又　洗澡　　上下共ギヤウズイスルナリ湯アブルコトナリ

△ 醫生　　　　　　醫者ノコトナリ

△ 下頭　　　　　　中間下部小者ノコトナリ

△ 百姓　　　　　　百姓ノコトナリ

△ 男子　　　　　　オトコノコトナリ

△ 女人　　　　　　オンナノコトナリ

△ 畜生　　　　　　チクシャウト云コトナリ

△ 水魚　　　　　　ウヲノコトナリ

△ 鳥　　　　　　　トリノコトナリ

△ 鳥鴉　　　　　　カラスノコトナリ

△ 蠟燭　　　　　　ラウソクノコトナリ

△ 菓子　　　　　　クワシノコトナリ

△ 菜湯　　　　　　汁ノコトナリ

△ 醬油　　　　　　シャウユノコトナリ

△ 酢　　　　　　　酢ノコトナリ

△ 餅　　　　　　　モチノコトナリ

△ 餅粿　　　　　　ダンゴノルイ皆ヒンゴト云ナリ

△ 素麪　　　　ソウメンノコトナリ
△ 飯　　　　　メシノコトナリ
△ 豆腐　　　　トウフノコトナリ
△ 松菰　　　　松茸ノコトナリ
△ 蘿蔔　　　　大根ノコトナリ
△ 菁茱　　　　萬ノ野菜ノコトナリ又ソエテ食菜ナリ
△ 紙　　　　　カミノコトナリ
△ 屛風　　　　ヒヤウブノコトナリ
△ 石硯　　　　ススリノコトナリ
△ 吹煙管　　　キセルノコトナリ
△ 煙草　　　　タバコノコトナリ

黃檗山法事役者之次第

西序　　　　　和尙　　　　　東序
首座　　一　　百　　　　都監寺　堂衆　小執事　客位
西堂　　二　　九十九　　監寺
後堂　　三　　五　　　　維那
堂主　　四　　八　　　　副寺
書記　　六　　九　　　　曲座
藏主　　七　　十二　　　直歲
知客　　十　　十四　　　悅衆
知浴　　十一
方丈侍者

天和壬戌八月念六日，與木順菴，過本誓寺旅館，與朝鮮學士成翠虛及洪滄浪, 唱和。

《奉呈翠虛成公案下》
羨見鷄林文物明, 成均開館共登瀛。壯遊千里子長志, 振起辭章第
一名。
公膺文衡, 選司成均, 教詭詭蔚蔚, 龍躍鳳翔。泰計之望, 萍水之遇,
曷勝欣抃? 謝以俚語, 眞以汚嚴聽爲罪。/蒙窩堀正樸[28]稿
壬戌秋

《次謝蒙窩示韻》
洒落詩篇刮眼明, 奕如飇馭過蓬瀛。入懷崑玉光璀璨, 彩筆江郎
擅[29]大名。/翠虛

《奉呈翠虛成公梧下》
仙槎通信武江濱, 方是風雲度會辰。一点使星文熖璨, 海東今見斗
南人。
天錫奇緣, 忽諧鳳覯, 榮華固多。漫作蕪詩, 奉呈左右, 唯恐于瀆高
明, 自取辜諐之深。纔祈海涵。/義齋黑川玄建奉稿
壬戌秋

《次謝義齋示韻》
玉季金崑遇海濱, 客中光景屬良辰。淸談幸接無雙士, 誰識東方第

---

28 원문은 '僕'이나 '樸'의 잘못이다.
29 원문은 '壇'이나 '擅'의 잘못이다.

一人。/翠虛

《奉呈翠虛盤谷兩學士》
群賢東渡隔山川，漸促歸裝艤客船。定識風濤千里穩，扶桑今是太平年。

<small>時壬戌季秋，本國寺作脫，附于此。</small>/鵝巢稿

《次鵝巢韻》
踏盡名山與大川，西溟更返木蘭船。惟希兩國敦修義，拭玉東王萬萬年。/翠虛

《同次》
蹤幾靑山度幾川，又從滄海掉歸船。奇遊庶可誇司馬，不恨工夫費一年。/東美盤谷走稿

【영인】

2

一 從日本 御進物之事

一 朝鮮遍言之事

一 阿蘭陀言遍之事

一 大明國遍言之事

一 黃檗山唐僧遍言之事

一 林春常筆談并贈答之詩之事

一 人見友玄贈答詩之事

一 山田元欽送答詩之事

一 東福寺長老與三使送答詩之事

一 諸國筆談贈答之詩

朝鮮國

正使

通政大夫吏曹参議知製教尹趾完

副使

通訓大夫弘文館典翰知製教兼經筵御講官李

秋館編修官李彦綱

從使

通訓大夫弘文館校理知製教兼經筵侍讀官春

秋館記註朴慶俊

同知　朴弼興

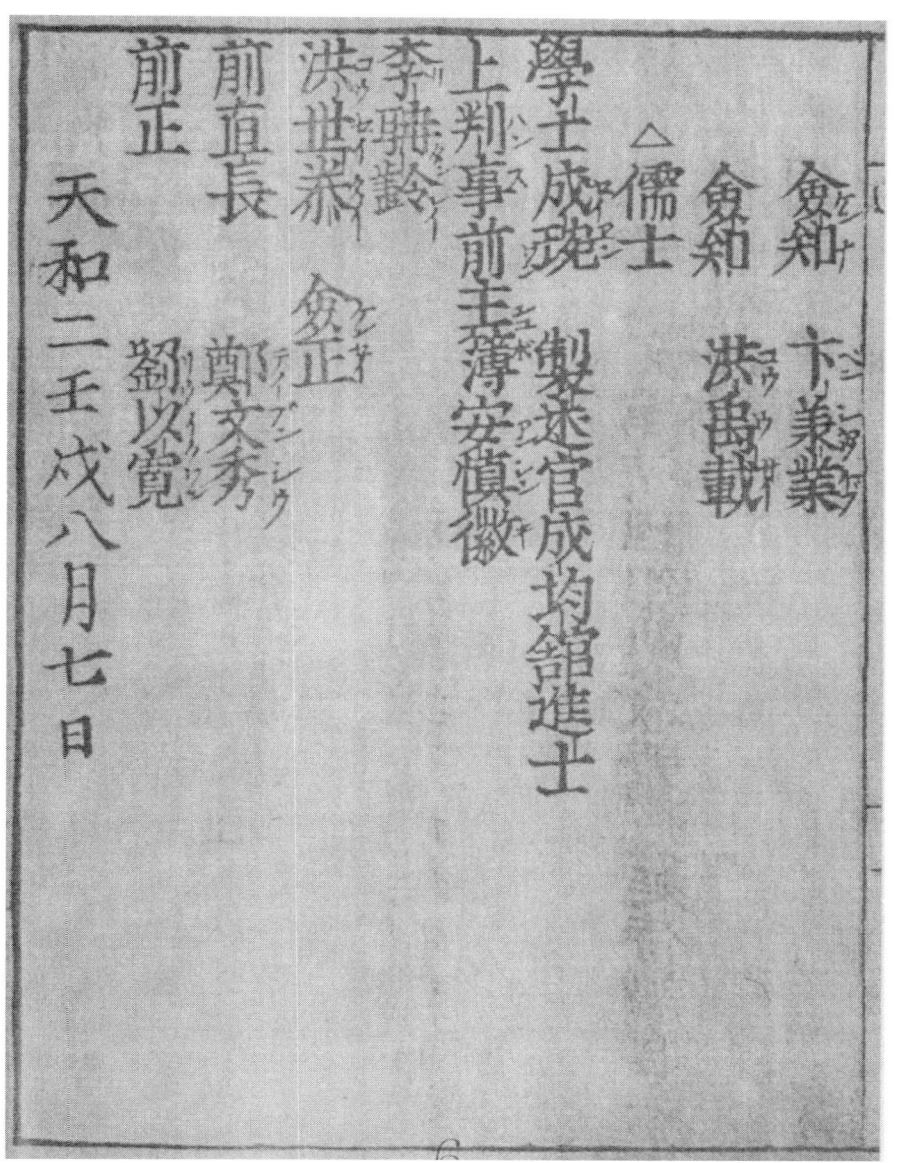

僉知　卞兼業

僉知　洪世載

△儒士

學士成琬　製述官成均館進士

上判事前主簿安愼徽

李聃齡

洪世泰　僉正

前直長　鄭文秀

前正　趙以覽

天和二壬戌八月七日

奉呈　朝鮮成均館進士成翠虛李盤谷兩

學士洪滄浪金正以謝面晤　了卷　立蘭夏

書兼自勉自三韓俊彥遠馳行路難殊域迎賓何

有阪華存君子國風覽

次韵了卷詞案　　　　　　　　　成翠虛

天遙鵝路接桑韓萬里風濤古示難域外相逢真

有數泜愁何待酒盃寬

奉謝了卷示韵　　　　　洪滄浪

八月星槎遠自韓一帆風浪飽更艱裡禪渦白日蒲

團靜答裡愁情得暫寛

同

李盤谷

自喜踈慵識韓世間哿會古來難清談不覺頻

頃盖客裡愁懷頓爲覺

奉謝了卷詞案

先公翰墨鳴桑域愛子高名不忝先門卜登龍有

李盤谷

舊容小山文彩冠諸賢

次韻謝李盤谷進士示詞　了卷

一面同堂無異域鴻才仰見最占先卷今種散對

驪老不似竹林千古賢

次客謝公示韵

洪滄浪

星槎奉留海西涯誰料萍蓬會合諧心契不期言
語異薄堂一對且開襟

天和二壬戌九月九九日

於京都本國寺朝鮮國成琬學士及洪世泰
安岱齊李聃龤與瀧川昕非菴昌樂筆語

泰呈上

滄浪洪公之吟詞壇

幅巾處士瀧川昕非菴隨有子

謹啓

一中秋上旬　公東行別初投　清谷見朝州

面如登龍門喜躍有餘與　先生筮之如雲龍

井蛙蒙不棄何幸如之哉以譯官申普謁則延

遠也故命管城子與楮先生為筆語而代譯官

通兩情矣

一公及學士儒士之姓氏号書之示之願

聞之

答

學士製述官成均館進士成琬　　洪滄浪
　　　　　　　　　　　　　　　　号翠虛
　　　　　　　　　　　　　　　　又号海月軒

上判事前主簿安慎徽　吳賢齋

前直長　鄭文秀

前正　劉以覧

李聃齡　号鵬溟或号潭洲居士又号盤谷

洪世恭僉正　号滄浪子

寫学官之姓名尊号如何示之

李三錫　号雪月堂　李雲坖之子也

李挙立　号羮松齋

一遍閲朝鮮者周舊邦而周時封殷太師教以禮
義田畫作八條之教無門戸嚴而人不溪戰矣
曽武王時封箕子親聖人之國而聖人之民民
也後王後氏化遺風荷願逮

鄒魯遺教不類敗夏周學術無陵夷焉今月域
之後學慕　貴國者以有聖賢之遺風之故也

一今也三使及貴體且成學士凫從之上下驚蹕
官人越千里之鯨波涉百里之太乎遠々驛程
遊々海路無恙到東武陸國聘間之禮事畢及
歸帆是珍重華甚
　　　　　　　至祝
　　　　　　　　　　洪滄浪
答

如　公示諭三使及上下官人馬嶋太守無難
無災海陸安穏而到蓬萊東武盡陸盟之礼西
入莘浴歸國亦有迎惟華也

一予ガ同門之高弟木下順菴生在東武與　公及
成均館學士有文談爲筆語有詩篇酬答通
兩國之情欲躍有餘月先自東武寄筆監于予有
之諸其贈答之佳什盟手頓口復重欲及一唱
三嘆是余願也

答

如所呈示　公之同門學士與木下順菴鴻儒
於東武通筆語傳贍廣識之良材幸夷亦希有
之真儒也且示有詩章酬和學生耶受顧而欲
然華甚公欲爲敝国進朝之助矣

洪滄浪子

一謹呈 成均館公李鵬溟公安資齋公此三四

公之旅檻下奉寄小詩伏願欲需 高和且舉

典故之閒與疑文數件欲問之連之無譯官之

成學士旅舘恨不相見謹言在 公之附紹

耳莫誹非禮惟望 吹噓矣

洪滄浪

答

成李安洪之三四人獲寄 芳詩數首及典故

之疑文若干條欲遂 成學士及李安兩學生

而和 嚴韻酬之也

一桑域之物産吹煙管井日本扇聊獻旅舘下其

遺非儀貴則輕耶或爲蠻族之詩釣或爲車賣

之在恭二則慕仁風二則表輕餞之寸心矣

答　　　　　　　　　　　　洪滄浪

厓賜　桑域之物產西品冑蓬三宮士也雖然

依我囯之嚴法而雖一莉之幣物不取于人并

而今也及還壁感謝惟僕矣

呈上　滄浪洪公　玉詞案　　非非港昌樂　龍川

露宿草行吟驛亭置郵傳命權助軍力發

驅佳景三幅十洲尋地靈冀域逶迤縮風梯雨

流遊貪遂浮萍技桑令夜德星聚忽愧人天目

月　又星

遠龍御國入蓬宮夢遶鷄林對乃公東話西諺

親戚會鐘聲吹覺月桑中

次韻謝　瀧川昌樂秀才示詞　洪滄浪

正識王風殘桑域詩篇字々拙檀變查下覽眉肌

傳東海安石春秋有妙靈青眼王人隨罕柳浮

生槎客似蓬萍如侵帝座誇穰禮惹得慶名比

德星　又次韻

瀧川昌樂走橋

同

嘗聞徐氏入蓬宮仙藥不来男女童仁義國辺

製藥手扶桑李杜玉詩中

泰寄　成均館學士吟詞壇　瀧川昌樂

重靄柔摧修葺盟扶桑多景慰賓情天呑九域

郡妯聲浪被二山嶋似芼徐福化仙逝方丈求

瀊練句題蓬瀛月浮海上離暘火月出蒼中進

武城

又

同

遠水浮天舩坐鏡江山旺景句驚人蓬莱仙窟

良辰夜換得遼東月一輪

17

次詩礎謝　瀧川昌樂儒伯詞案　成琹庵

不圖爲客結詩盟讓禮殷懃遊帝京雙眼蓬萊

万楓錦輕身湖海一浮華九淵戰艦潤蒙古万

里石橋嘲始瀛百勝不高又非善琴平神武溝

樓城

又知

　　　　同

常明心德若朝鏡耻見君臣園裏人富貴有天

死生命世間禍福轉車輪

　奉呈　鵬溟李公叱旅舘　瀧川昌樂

大鵬振翅從蓬瀛莊老遺風冠玉京文逐歐蘇

吟駕上詩荅李杜攻書城轍停東武坐花酔舩

遠遂空載月明言語不通何恨惟将鉱藥結

驂盟

又

釣江何事換三公凸凹巒圖更不工驛路官松

馬歸疾一朝看盡万山楓

次前瀧川隨有軒詞宗　　同

遠去故園瀛譯夢魂先我到華京八洲二置

李監谷

神仙殿七寶八珍極樂城獨坐獨行學康節非

非今是慕淵明五風十雨太平象隣國禮讓俗

旧盟ヲ

又次

瑨環日月遠天公佳景懶圖病畫工聊卷土峯

何深盡歸舡難載嶋山楓　　　　　　　　同

呈上　野詩二扇成均舘海月軒公二并大昉二

本扇二柄吹煙管一雙

征駕下　　　　　　　　　　隨有軒昌樂

盛名轟轟耳聞桑域始結騷盟靑眼中壷嶋催詩

吹煙管月東送扇慕仁風歸舡載泉月成友文

筆生葩艶此虹鳳髓龍胏欠兼味媵花楓藥焉

瀧川昌樂橋

弟紅ニ
又

花飛柳緑出朝鮮楓染菊開入月追憶得郎州

杜陵月君家兒女照閨延

所惠贈　昨非菴昌樂公芳詩并日本扇及

吹煙管次前韻謝　　　成翠虛

我贈詩扇吹煙管仁風思茸用時中涉獵書畫

柳韓學祖述聖經孔孟風課讀講莛辨流水良

知修行氣吐虹尤羨遠客歸帆速千里暮靄西

嶺紅ニ

送我朶雲玉唾鮮鴻才驚見月東邊不佳筆語
代重譯易別難逢恨別筵
寄主薄督尊安公
萍會別來兩地秋旅情閑悵迄處升竹爵數盞
永詩句楓錦包山筬醉耶鄉夢故園渡鮮水河
心月夜浦東流勸君莫厭逢壺酒西入三韓照
客愁
書同艾字轍輪同洪範殘經箕子風易地皆然

同

瀧川昌樂

又

同

三嶋月高麗紅錦月東楓

次韻瀧川昌樂詞案

聖經万國法輪同遊藝為仁鄰眷風見道逢業　　安資齋

仙室東詩篇織錦似丹楓

寄瀧川昌樂詞伯　詞案　　　　　成聚盧

遺賢在野憶寬仁勤學力行無價珍域外仙頭

好文德洽雲富豈費精神太平有象

福應求万戸民誠見良由秀苗碩周王八百興

仁人ヨリ　　　　　　　　同

又

西隣東海接桑韓鵝路行難凌激瀾肯聽君臣

國中學令知本社兩詩間

謹賡瓊韻奉謝茂學士所寄　　瀧川昌樂

三韓入貢繼王仁蓬嶋饌前無八珍游藝讀書

師賢聖不貪知足養心神白雉重譯越裳貢□

崔報公華棫民風雨隨時周代化宜花宜柳又

宜人

又和

　　　　　同

文焰惟高逐栁蟲惡詩我耻欲浙瀾生吞活剝

古賢句偷得臭名滿世間

呈昌樂晬非巻二　詞案下　洪滄浪

月東康節樂泥龜卦那不老君寵老常讀魯詩
輕壽註深傳周易盈員程顧驚入秀句浣花隨勸
月吟盃五梆詩幽谷寒嘗一聲碎卷而藏置待

春時
又

隨波歸艇去海路及狄風蜀錦煇山北蓬宮接
海東敗苟分月白霜葉似花紅別後沉鴻鯉何
時音信通

謹和　瓊韻滄浪洪公奉謝　隨有軒昌樂

韓客群英五總龜島南自比定安危松飛鏡裡

三十里酒盡樽甲二百詩人脫歐竝蘇豪畫腹賦

肩陶謝解人頤停車坐愛蓬壺晚所々錦楓吟

醉時

又和

　　　　　　　　同

難期萍會客聚散任秋風鼇首舞蓬嶋焉韓隣

日東蜃樓連海黑魚眼射波紅不用驪駒促離

従筆語語通

呈上　昌樂詞士吟詞壇　　　李鵬溟

姁媣清容頎盍語正心誠意其清乎寒螢當夜

和吟詠賓鷹呼　天引旅情一飯飽休歌擊壞三

盃何換索浮名禪林碎夢曉鐘響深省欲開百

八聲

又　　　　　　　　　　　同

歸帆湖海風離別酒盃中耶枕入仙夢蓬萊拜

白宮霤楓工泚錦花月又成空妻恨回文錦掉

頭飛去鴻

廣韻謝鵬溟李公　文詞壇　瀧川昌樂

自西思服懷仁惠四海一家方圓平碧水白沙

瀞心繡青山紅葉適幽情夜來泚筆記遊蹝果

域賦詩殘雅名師聖傳經月東學寸長尺短鵑
鵑聲

又和

歸去及秋風尊罇餞盞中鄭波吞釣峽盧熏氣攘
仙宮千里似無地八洲如柴空相望杳目送離
恨托飛鴻

同

用前韻呈　瀧川昌樂文士詞案　滄浪

由求聖學慕同公域外初知詩句工慰□客愁
蓬嶋景于花于月醉紅楓

奉和　洪公芳詩玉韻　詞案

昌樂

海棠司馬見陽公詩是牡丹錦字工何陋東夷

君子到荷花簾洛故吳楓

呈　昌樂儒伯詞梧下

洪滄浪

執中讀黄巻悟道入幺微海鳥路波去山鴟永

宿歸別離餞孟止浦膔遠帆飛詩佳慕唐宋月

東文煳燵

次芳韻謝　滄浪洪公所呈

大鵬文土遠寸馬豆人徽金旋照必夫錦帆轉

樂歸斯照噴浪晴鵡首来雲飛舞會期何歳折

然送夕煇

寄〻　隨有軒昌樂儒伯　文寨下　安晉齋

經緯聖賢誠學杜詩煙搉數甲京城離延莫恨

言語異瞻笑尓雲通兩情

步詩磋謝　安判営文士所寄　昌樂

路難蜀棧管根崎嶼地奏關大坂城可惜碎聲

碎歸夢聲〻打恨引鄉情

謹呈　李盤谷詞伯文壇右　同

星使靈槎繁海涯客禮未駿告歸期毫虹文焰

三千丈舟鶴藥裏五色之瓢嬰　山川仙鶴狎籠

中月月織烏桵十峯爲筆邑湖覩寫出貿天一

紙詩
　次謝　昌樂詞宗夔壇下ニ　　　李盤谷
月梭似織月弓速達嶋舟遊何歳期仙境治松
宗神藥聖朝示瑞献霊芝粒梧文陣爭奇闘英
孫高人與物務節我一篇霞上作班々蜀錦七

言詩
　奉呈　昌樂詞伯文几下　　　　安登菴
星槎鴻路接凍海仙毫青山綠水居儒行踐仁
欲修道竅頑無學豈未荅犠抔傾盡二重酒燈
火常黥万卷書校代多功難記行巍然共佛洋

墳墟ヲ

又

齒塚崔鬼蓬嶋蘇乾坤空濶界無邊仰高神國

多靈地萬里容愁忘酒筵

和嚴韻謝安邦事公

同

瀧川昌樂

地是蓬壺齒嶋上列仙栖老碧巖居才人風韻

眽九月星容無心忘吾謄我眼川鶯三秋盡君

留中有五車書休醫泉石膏肓癖目域千山万

水塩

又和ス

同

筆端驅景悵心鮮航海棧山賜谷遑何月採桑

再遊客先吾蠟淚濺離筵

瀧川昌樂

謹問

一周武王封箕子於朝鮮箕子傳河圖洛書洪範

九疇於遼東之李氏李氏之子葉孫枝世爲家

業李氏之後裔傳之菁川姜沈所公素知也姜

沉傳之曰東儒宗北肉山之廣肝藤欽夫惺窩

而易既東矣惺窩以河圖洛書圖易春秋詩書

傳之我師松末昌三及林羅山此二學士惺窩

師之伐柯而青於藍者也惺窩既没文不在茲

歟爾來再傳而昌二傳其子松永昌易同姓永

三及朮下順菴　瀧川昌樂其餘比目日本俗傳

之固陋席學而不足取者也其姜沈之苗裔今

猶存乎仰願聞之曲告之

即答　姜沈之後嗣苗孫今則亡中葉其後奮實

各有學貪得耽利逢流刑而聊剝於官禄遇赦

死路矣惟餘臭名乎

一宋董眞鄉之周易會通二十卷有　朝鮮本而

無太明國之板本也此梓校今存　貴國乎予

從未欲盡之矣

一　互卦之說邵雍絕說而無全言雖朱晦菴不說
之董真鄉言之詳也全篇載而有會通而乾坤
二卦無豆如何誂示之

一　孔子大象傳小象傳者指何理義而說之乎願
聞之審示之

一　乾上乾下如此在每卦之上而六十四卦俱繫之何
人註之乎

一　繫辭者孔子之精力在此著周易之深理皆龍
之殊我懦和人間一生生死之去末和迷冥鬼

神之情狀又曰精氣爲物游魂爲變矣朱註曰

陰精陽氣聚而成物神之伸也魂游魄降散而

爲變鬼之歸也生死鬼神皆陰陽之變天地之

道也樂按人死而燒之則爲灰埋之成土此時

魂魄寓何處而爲變爲人鬼乎殊有佛氏七七

之說故大藏一覽首者說摩達多曰中有住多

矣住七七四十九日定結生故也迷中有住經

七月不久住故也以是有詭言癖說邪誕矣妄

之說蜂起殊不知韻語陽秋曰人生四十九月

七魄全其死四十九月而七魄散是以有七七

之説夫生死氣之聚散也不散不死禮之有彼
孝子情而致其情而止矣昧此言則佛氏言迎
理而大乱真誣民惑衆甚多矣我儒有人鬼有
形質天陰則往々鬼哭而與人接之説盖誠論
之是氣逆則其餓氣降散碎凝現形覚来陰氣
徃々鬼哭矣又以氣順則散冥寛餓歸泉矣革仲
舒曰有一鬼蓬頭手提屠刀勇而前歆其宗者
是逆氣斫為憂是其證也然為浮屠事而朱喜
不説之鄭子産漠鄭玄高誘且淮南子楊外巻
等集亦雖有鬼魄聚散之説不及人物生死鬼

神游魂爲逆氣凝滯而爲變之説矣林子獨從
識神而變者以夢説之共言曰自太虛中來皆
元神也逐化爲識神矣故其夢都從識神而變
釋氏四生六道亦從游鬼而變故孔子曰游魂
爲變此説得之乎叮雖近理非的理夫夢寓五
藏爲之竟寓肺竟寓肝而見夢燒其肺肝而爲
土灰則鬼魄識神寓何趣爲夢子爲土灰則其
七魄心神散而歸太虛而成空爲天地氣又滿
太虛此時何夢之有哉豈地獄天堂之有哉是
林子亦非的説莊周曰死生亦爲矣也釋氏以

謂生死事太無常迅速而其氣順則歸天地而

一念三千万法一心無上上等正覺涅槃妙心

實相無相不生不滅之妙體者因餡終正念無

心無念真空妙智順乳之工夫也吁二聖如三

鏡其氣正順而聚散於天地之間況於儒家豈

可忽之乎常拳々服膺守幽明生死游魂變鬼

神之理引而伸觸類而長之錐不中不遠乘化

以歸盡樂夫天命復吳疑矣而於生死游魂之

說無的說詳亦我渇心願之

苓云、生死鬼神游魂說今古之真儒亦無正說

嘉言何況於腐儒哉

一前十卦後十卦之説朱子雖説之啓蒙曰東儒

士失其正傳暗然卜筮考之有捷徑之理乎聞

之説喩之

一河圖方位南有火西有金矣而洛書方位者南

有金西有火者何乎曲示之

一人生一生本卦之占戰國時有鬼谷先生斷易

之説而無真儒邵程朱陸之正説而謂不足是

信用棄而如土然近世有邵康節之玄玄合璧

説一生年月月時之本卦詳也貴國示有占於

人生一生之本封乎吾願聞之

一春秋經者聖人之志在此書讀之行之則正五
倫定名分因之乱臣賊子輩有勸善懲惡而不
蒙首惡之名千載不易之常法也然宋王安石
爲爛朝報不列學宮先聖筆削之書棄而不用
人主不得聞講説學士不得相傳習而宋末遂
有虔狄北轅之禍孔子曰我志在春秋行在孝
經二書揉去禍及国家宣尼之書可謂靈矣故
月畏聖人之言矣御講官曰春秋館李彦綱公及
弘文館兼經莚侍護官春秋館朴慶後公進讀

於五經宏瞻之才華豪縱之臣肇有弘文館之

號則通六經祕矣是經學之洌源㳟酌而可探

知者也

一公者親炙千兩大人化德通經不言而知焉我

日本亦以十三經爲聖學之階梯殊以羲易麟

經爲儒家之舉業而不可一月而闕也曾聞

貴國有陳哲之春秋集解之細註并春本之春

秋私考之箋解及曹學佺能之春秋義畧之註

釋今猶存　朝鮮之灰行本否

一經元每春王正月者雖千歲不决之論畢却間

難王天王也紀孝書王以見周之正朔行于天
下也按春秋年月或用周正或用夏正或云以
夏時冠周月論不一矣經用夏正傳用周正林
氏左氏故從周正學者自不宜悖經而従傳也
然傳文亦有用夏正者于其本文駁出自見胡
氏始用夏時冠周月以調劑之依之従取夏正
也詩書周礼所言時月皆與夏正合也而春秋
何攄不然且若革周正則春秋之所謂正月者
曾史之三月而二百四十二年之事皆非當時
之月月矣聖人豈為之哉如謂以夏時冠周月

意必如十一月爲正月而時仍爲仲冬至正月爲
三月而時仍爲孟春是謂孟仲失其倫又如夏
五六月而在周巳七八月秋八九月而在周巳
十一月是謂時序乖其度與先王平秩四時之
義舛矣且夫子周臣子也所從春秋魯史之舊
文也以易世之時而冠郡代之月義之所不敢
出也然則時與月俱從夏正者于義何居願聞
之

一公子益師卒　是益師者隱公之叔父貴戚之
鄉而親然却薨其終而不書豈不月然辛酉三

月夏辛卯尹氏本是尹氏路人他姓之卿而踈
然却厚其終隆其本平而書氏書曰此尹氏家父
者據詩小雅節南山之篇彼南山有實其猗
猗赫々師尹不平謂何又曰尹氏大師維周之
氏東國之釣四方是維以之見之周尹吉甫之
氏裔而世卿壽氏公半子曰其稱尹氏畏而譏
苗裔而世卿壽氏公半子曰其稱尹氏畏而譏
世卿也左氏因舊史訛文鈇一口字加之爲君
氏聲子遂爲此曲説而不知聖筆未甞有也左
氏之説不足信矣尹氏非尹吉甫之末而有他
氏乎未可知　按　胡氏曰尹氏天子大夫議也
尹氏乎未可知

歸左氏傳曰夏尹氏平聲手也此二說俱非的

據餘有正說之明乎願聞之曲亦變

旅館僉平不服考追而欲言之以及踈咎也

一秋九月乙丑晉趙盾弒其君夷皐

左傳晉靈公不君趙盾驟諫公患之趙穿攻靈

公於桃園殺之宣子未出山而復太史書曰趙

盾弒其君宣子曰不然對曰子為正卿亡不越境

反不討賊非子而誰孔子曰董狐古之良史書

法不隱趙宣子古之良大夫也為法受惡惜也

越竟乃免　謹按使越竟而免則如宋萬之行

殺而奔陳者即爲無罪乎夫子言不誤恐不差
是誣　貴國春秋館二大人侍講講延振三寸
爲帝王師說之有深理冀曲示之

答　未考之未聞講說矣

一詩夫聖人教鯉使逆面墻是以雖貴曾詩中華
大明月東亦失其傳雖朱文公不讀之是以不
知曾詩之貴矣蓋齊詩韓詩毛詩次之按前漢
書儒林傳曰魯申公培少與楚元王交俱事齊
人浮丘伯受詩申公歸魯退居家教終身不出
門弟子自遠方至受業者千餘人申公獨以詩

經ヲ爲訓ヲ疑者ハ則關弗傳申公平時以詩爲春秋授

弟子爾來傳々傳山陽張長安張生兄子游卿

爲諫議大夫以魯詩授元帝以後在明朝西蜀

虎頭山人章調鼎王銘傳之而以魯詩之意詰

詩竟之日詩經備考一亦讀之知意味深長也

借問　貴國有實詩之板本乎否曲示之我欲

求之

一　苑陵梅聖俞全集八十卷有ケ　貴国之梓抜而

無中華大明國之鏤刻今猶有此板本乎尊朱

晦菴月唐後無詩唯有梅堯臣之詩同朝譏公

茸之二丁程温公歐蘇安石黄陳曹慶之故司馬
光哀挽詩云我得聖俞詩於身果何如留爲子
孫寶勝有十金珠又王安石挽詩曰頌歌文武
功業優經奇偉麗散九州貴人怜公青兩鬢吹
盧可使高吟樓又曽王文康堂見而歎曰二百
年無此作矣雖知之深亦不果薦也若使共華
得用於朝廷作爲雅頌以詠歌大宋之功德薦
之清廟而追商周魯公之作者豈不偉哉如此
諸賢林莽嗷々今余讀其詩知之去誕棄衆八
百餘年掃去朽枯如劉元氣變化百殊夫外見

蟲魚草木風雲鳥獸之狀類徃々ニ探其奇怪内

有憂患感憤之聲積其興於怨刺以道羈臣寡

婦之所歎而寫人情之難言蓋愈窮愈工然則

非詩之能窮人殆窮者而後工也者徐州歐陽

脩評之俞少輩補爲人挪於有同困於泗縣者

陸沈自以不得志者樂詩而發之矣其妻之兄

子謝景初懼其多而易失也取其自洛陽至于

吴興以未所作次爲六十卷癸呼可使食魚肉

不可桃魚聖愈之詩也如此之千金珠玉蔣無

註辭而知之者小也然東坡死剃譏詐以谷敎

乱屈曲之蘇黄之詩集以テ有泣繰而周行于世

何乎　予潜力之杜詩多註者李誌豪註解世間

幸不幸之類如斯然　貴国有聖俞剖之詩集之

鏤板者瀰洄詩流之渕源知詩道之玄味之至

乎　予従朱欲求之矣

一李律述註之作者蒲林兆珂孟鳴父之傳在何

書乎

一杜律集解之註者邵夢弼之傳在何書籍乎

一古文後集制序者肝江鄭本士文之傳荆渡雜

書小説楊外巻之集百千年眼千一録野客

叢書等之集不載少彼賤種野丈一頁成花以涌渓

黄四卿耶

一七書譃議撰者施子羙之傳未審否之

一七書句解作者江白虎之傳末詳願聞之曲示之、

一貴邦聖人封國而文獻足而多珍書古籍彷有
勝於中其大明者矣故深問之也
右數件之問訊於我敝邦示亦考之未知之未
知所出于何書也且昔月羅兵火珍書金經悉
燔失焉

一及第之事諸書所載未詳中華與　貴國之登
科其擧人官制誠宜異同乎又有同異乎狀元
榜元甲第之品節有之乎某曲書而示之欲聞
之

及第之品與中華大明國略同而所損益可
知耳

一詩樂諧音之説玉山晏淺卞禮教儀節説之雖
詳五音六呂六律之調子節姜八音不和　貴
國亦歌周詩而爲舞樂願聞之夏淺以瑟笙鼓
當六呂六律鼓四上尺工合六之字皆取清濁

相應縈毛詩而歌之而雖調音律　我日本　未詳

矣願聞之

大闕南雅林鳩仲在上河尺之四洲尺窈窕南

窈上仲淑尺女上君上子尺好合述四大林

如此教之有捷徑之術曲示之

咨　詩樂諧音之説未詳也右一巻々而還壆之

矣

桑韓筆語唱和集終

天和二壬戌之秋九月六日

於江戸本誓寺與朝鮮人筆談木下順菴誌

天南地北水陸万里經渉渡秋目者衝瘴癘勞辛

勒更僕何擊荦是今年風雨時若海波不揚所桿

之利渉車馬之載馳乗危過險事不失素

之君子神之所扶豈只使挙之實惟両國

之慶　至祝

壬戌之秋九月　　　　　順菴木貞幹

即對雅範知其大人君子人也茅邦董不逼

只自目擊而已今茲先訊之鄭重且慰不倦之

跋涉盡自意敍之有同十一年前故舊感敍無已此誠

由於　兩國敦修之力藝觀長德之陶儀是可事

也

　敬發下里一章以呈　　翠虛公吟壇

文星快覩海雲東主色溫々君子風毛穎千年古

攢在靈犀一点意先通

　仲秋下浣

謹次　順菴　辱示韻

博學宏戈冠月東青眸開處揖高風弟以人定服賢

師弟洙泗淵源万古通　　　　翠虛

　　　　　　木貞幹稿

重用前韻奉呈　翠虛詞宗　案下

文術悠々道曹東穆如大雅仰清風鷄林壁水蓍

英會洙泗今者一沆瀣　　　　　　　順庵

奉呈　順庵　案右

今逢德秀紫芝眉文彩風流擅一時港炊豈方寸飲

相照誼唱騷壇万首詩　　　　海月翁又穚

和答　翠虛詞伯

文談筆語各揚眉情治高堂相對時扨木扶桑二

万里錦囊收拾入淸詩　　　　　　　順庵

奉呈　順庵詞丈兼示　諸賢

聞說江都地理雄　群戈大振古人風琳琊玉樹來

烟處白雲高韵動碧空　　翠虛

重次　瓊韻　謝　翠虛詞文

浩浩詞源聲客雄一時同見兩邦風預期別後通

音信先指雲鳴鑾遠空　　源庵木貞幹

卒賦一律奉呈　翠虛成公案下

卓犖高標拳彩霞英戈況又玉無瑕登科早折三

秋桂隨使遙浮八月槎筆下談論遍地脉胸中華

思吐天葩相逢何恨方言異四海斯文自一家

　　　　順庵具㕞

謹歩 順庵 示韻却寄

妙年音思聲韆見霞楚璧從如久話瑕影拂感地子

驥浪身隨博鼇二靈韆孟生巳識會秦篆汀筆岩

驚更吐龍邂逅東都天實宿出涯方見大方家

月軒走稿

始接芳眉既蒙　青蚨欲躍之深遠呈狸詞以謝

滄浪洪公　詞案

孫方何意作同盟一見渾消鄙吝情未信至清無

友語憑君此月濯塵纓

順庵貞幹稿

壬戌秋八月

敬次　順庵公　辱示韻

騷壇牛耳壇宗盟蕭洒千秋自雲情懷若鳳凰

彩翻逸如驥驥脫長纓

壬戌仲秋　　　　　　　滄浪謹稿

再呈滄浪洪公　吟榻　新上

新上騷壇似舊盟李投瓊報荷深情玉從嚴羽纖

詩話小義浮榮誇馬纓

奉贈　順庵　詞伯　　　順庵稿

搜羅百氏咀英華雄視騷壇自一家莫怪公詩聞

已熟曾從閒下識侯芭　　　　　　滄浪謹稿

奉和　滄浪詞兄

雞林英俊壇文華健筆可吁成作家千載子雲公

自在吾門何耐大去芭

奉呈順庵詞伯兼示座上　諸君　順庵

山多杞梓海多珠物理由來信不誣滿座諸公皆　滄浪稿

儻趂此生何華入名都

次韻　滄浪詞文

毫端万斛夜光珠韓客宏文誰文邁頌爲五經懷　滄浪詞文

鼓吹二京賦了又三都　順庵艸

偶爾成章鼓動　滄浪詞伯豪氣

磅礴乾坤俯仰中　高人壯志思無窮　河源欲問月

支外暘谷未眉月　本東自古青丘吞　禁溟至其今鮮

水接蓬風雲煙爲紙海爲硯　天筆高懸一刀天虹

順庵稿

次謝　順菴詞文　盛眷

一見忘形意氣中　論文促膝興無窮　交情遠自開

雲口拭玉今未打末　東愛容知君多厚誼擊蒙伏

我把高風當媿荷醉爭揮筆　白日青天爛彩虹

滄浪謹稿

壬戌仲秋

關雲浦名金山地開津處也

〇從朝鮮國王遣贈候本御進物

鷹　十居

馬　鞍具俱　二疋

虎皮　十五張

豹皮　二張

青皮（サメ）　三十枚

鹿皮（メ）　百本

大綸子（リンズ）　十四疋

大段子（トンス）　十四疋

白照布（シラテルフ）　二十巻

大皺布（ヲホシワノ）　二十巻

油布（アブラヌノ）　二十巻

青蜜（アヲミツ）　百斤

黄蜜（クハウミツ）　十壺

人参　五十斤

色紙　二十巻

色筆　五十柄

真墨　五十笏

△同二便御進物

縮子　五巻

白照布（シラテルフ）　　　　十匹

虎皮（ハンムロ）　　　　　　五枚

花席　　　　　　　　　　　　五張

黄毛筆（キフテ）　　　　　　二千本

油煤墨　　　　　　　　　　　十挺

△別幅従日本遣為贈朝鮮國王御進物

鑷　　　　　　　　　　　　　百柄

撒金蒔繪鞍具　　　　　　　　二十装

金地畫屏風（ヒロス）　　　　二十雙

撒金蒔繪廣蓋（ヒロス）　　　拾枚

綵紋服　　　　　五十領

白銀　　　　　　千枚

越前綿　　　　　百把

天和貮年

△ 一唐人口通事　井朝鮮言葉　阿蘭陀言葉
共決事列座役者之姿勢

△ 一黄礫山過事言葉

△ 師父尊號叫甚麼
常ハヒサンクヲトシメカラズトヲコトニシ

△ 直月不相見よ
キサフラシナスパ二一ナカモスダトヲコトよ

△ 好來よ
能チヲツタ十二スコトナリ

△ 這種來よ
コヲコイトスコトトスヲキタレトスコトニ

△ 汝歌在那裏よ
ソシタハドコニヰガルダトスコトトナリ

△ 久不曽來音よ
ヒサンクヲエヾガランドスコトナシ

△ 那裏行よ
ドヨユクヨソトスコトナリ

△ 有事行よ
用アリテユクヤ有事ハヲヨアルナリ

這裏持來　マヱモチテコイトヱコトナリ

△ 會寫字　モノカクコトナリ

△ 不會寫字　モノカ文人ノコトナリ

△ 汝喫酒麽　ソナタザケノスカトヌコト〻

△ 喫酒　酒ノムコトヲニ〻リ

△ 喫飯　メシクウコトナリ

△ 喫茶　茶ヲノムコト

△ 打齋　齋ヲトキノコトナリ

△ 僧家　出家ノコトニハリト〻云朝鮮コトバ)

△ 俗家　俗人ノコトナリ

△ 頭目　侍ノコトナリ

△ 本將　大將コトナリ

△ 素徃　ユキヽスルコトナリ

△ 一五音相通齒音舌音有口傳

△ 今月　上八　ケフトイウコトヘ

△ 病好麼　氣相ハヨイカトスコトナリ

△ 困了　苦カシテクスモヒタル上コトヘクルシ上トスコトヘ

△ 駈了　寐ルコトヘヌ子フルコトヘ

△ 有病　ウヅフイアルドスコトナリ

冷行　コトカホカハサ弁ニキツサムイ上去コト

△ 熱行　△ 好行　△ 起来　△ 洗浴 又 洗澡　△ 醫生　△ 下頭　△ 百姓　△ 男子　△ 女人　△ 畜生

ツヨウアツイト云ミヨクホカノアツサ之

ヨイト云事テキン付字勸語字ナリ

ヲキヨト云コト又ヲキテ云コトモ云上

共ニギヤウズイスル湯アブルコトナリ

醫者ノコトナリ

中間下部ノ者ノコトナリ

百姓ノコトナリ

ヲノコノコトナリ

ヲンナノコトナリ

チクシヤウト云コトナリ

△水煎　スイセイ　　ウシノコトナリ

△鳥　　テウ　　　　トリノコトナリ

△烏鴉　ウヤ　　　　カラスノコトナリ

△蝋燭　ラッショク　ラウソクノコトナリ

△菓子　コワシ　　　クワシノコトナリ

△菜湯　サイタン　　汁ノコトナリ

△醤油　チヤンユ　　シャウユノコトナリ

△酢　　ヅウ　　　　酢ノコトナリ

△餅　　ビャウ　　　モチノコトナリ

△餅餻　ピャウカウ　ダンゴノルイ皆ヒシゴトナリ

△素麺リ
△飯
△豆腐 チウフ
△松菰 スン
△蘿蔔 ラ
△菁菜
△紙 ツウ
△海楓 シ
△石硯 セキ
吹煙管 スイエンクヮン

ソウメンノコトナリ

メシノコトナリ

トウフノコトナリ

松茸ノコトナリ ニッダケ

大根ノコトナリ ダイコン

萬ノ野菜ノコトナリ ヨロヅ ヤサイ

カミノコトナリ

ビヤウブノコトナリ

スリノコトナリ

キセルノコトナリ

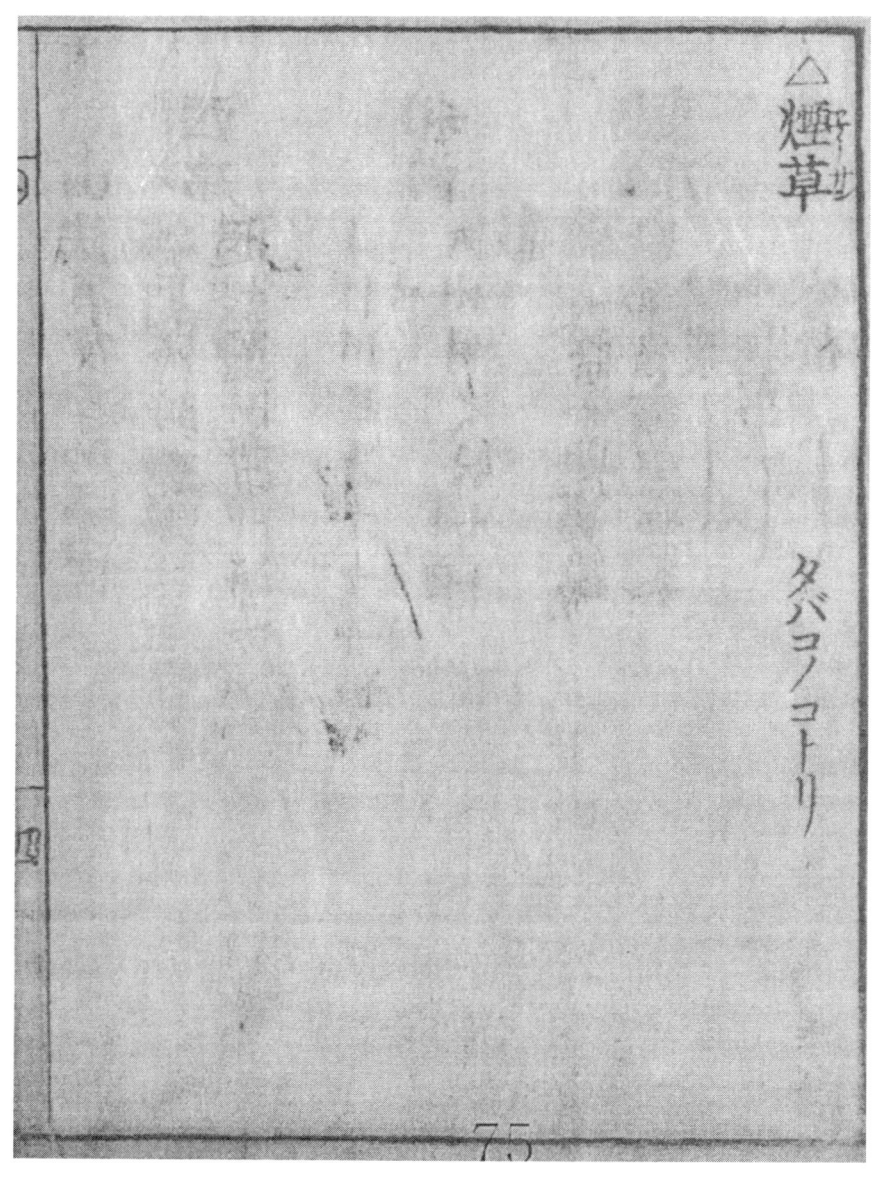

△
煙
草

タバコノコトリ

75

黄檗山法事役者之次第

西序　都寺後堂　書記兼知浴　方丈
　　　監寺副寺　監守知主僧都　侍者

和尚
　　一二三四六七十十　者
　　　　　五九二三
　　　　　八　　四
　　　　　　　五

東序　堂衆　一一
　　　小枕事　一一
　　　客位　一一

天和壬戌八月念六日與宋順菴渭田李拔豆寺旅
館與朝鮮學士成翠虛及洪滄浪唱和

奉呈　　翠虛成公　案下

羨見雞林文物明成為開館共登瀛壯遊千里子
長志振起辭章第一名　公舊文衡選司　成為
教詫々蔚々龍躍鳳翔泰計之翠萍水之遇昌勝
飲抃謝以偎嘻真以污　嚴聽為罪

次謝　　蒙窩示韻

壬戌秋　　　　　　　　　　蒙窩堀正樸稿

洒落詩篇刱眼明変如颷馭過蓬瀛入懐崑玉光

璀璨彩筆江卽壇大名

　　　　　　　　翠虚

　奉呈　翠虚成公梧下

仙槎遠信武江頻方是風雲度會辰一点使星文

焰璨海東今見斗南人　天錫奇縁忽諧　鳳観

栄華固多漫作燕詩奉呈　左右唯忍干瀆　高

明自取喜愛言之深紀祈海涵

　　　　　　　　　義齋黒川支建奉稿

壬戌秋

次謝　義齋示韻

玉李金崑遇海濱容中光景屬良辰清談幸挨無

雙士誰識東方第一人

奉呈　翠虚盤谷兩學士

翠虚

群賢東渡隔山川漸促歸裝纜容舡定識風濤子

里穩扶桑今是太平年

昔壬戌季秋本国寺作
既附于此

鶴巢稿

次　鶴巢韻

踏盡名山與大川西滇更返木蘭船惟希兩國欵

修義拭玉東王萬萬年

翠虚

同次

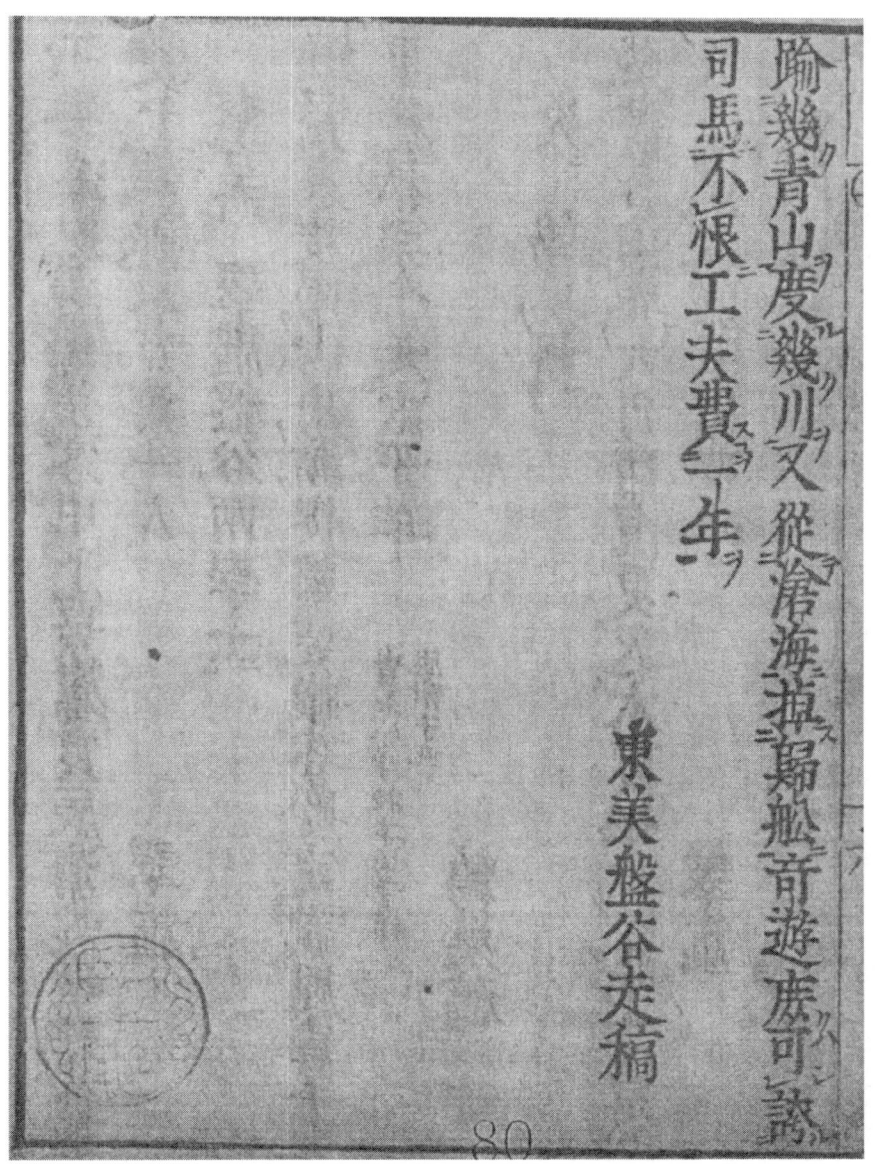

踰幾青山復幾川又從滄海上歸舶前遊庶可誇

司馬不恨工夫費二年

東美盤谷走稿

91

조선인필담병증답시

朝鮮人筆談幷贈答詩

『조선인필담병증답시(朝鮮人筆談幷贈答詩)』
동경도립중앙도서관 소장본

『조선인필담병증답시(朝鮮人筆談幷贈答詩)』는 1682년 임술년(壬戌年) 제7차 사행 때에 이루어진 필담 창수집이다. 일본의 동경도립중앙도서관(東京都立中央圖書館) 중산문고(中山文庫)에 소장되어 있다. (이 자료를 복사해올 무렵에는 히비야도서관에 소장되어 있었지만, 출판과정에서 중앙도서관으로 합병된 것을 확인하였다.)

이 창수집을 기록한 사람은 목하순암(木下順菴 1621~1698)이다. 목하순암의 일본 발음은 기노시타 준안이다. 이름은 진간(眞幹), 자는 직부(直夫), 소자(小字)는 평지윤(平之允), 호는 금리(錦里) 또는 순암(順庵)이다. 경도(京都) 출신으로 막부의 유관(儒官)이다.

필담에 참여한 조선측 인물은 제술관(製述官) 성완(成琓 1639-?), 서기 이담령(李聃齡), 자제군관 홍세태(洪世泰 1653~1725) 등 3인이고 일본측 인물은 이 책을 기록한 목하순암(木下順菴)과 그 외에 몽와굴정박(蒙窩堀正樸), 흑천현건(黑川玄建) 등 3인이다.

몽와굴정박(蒙窩堀正樸 1627~1687)은 안예주(安藝州)의 유학자로, 유학자 굴행암(堀杏庵 호리 교안)의 손자이며 목하순암(木下順庵)의 사위이다.

이 7차 사행에서 처음으로 제술관이라는 직임을 두게 되었다. 1607
년의 제1차 사행 때에는 학관(學官)을 두었었고 1636년의 제4차 사행
에서는 이문학관(吏文學官)을, 1646년의 제5차 사행과 1655년의 제6차
사행에서는 독축관(讀祝官)을 두었으나, 이때 처음으로 제술관 직임을
만든 것이다.

1682년 9월 6일에 목하순암(木下順菴)과 나눈 필담 내용은『목하순
암고(木下順菴稿)』의 8월 26일자 기록과 중복된다. 끝 부분에는 몽와굴
정박(蒙窩堀正樸), 흑천현건(黑川玄建) 등이 홍세태와 주고받은 시가 실
려 있는데, 이것은 이 자료에만 수록되어 있다.

제술관 성완은 1719년 제 9차 사행 때의 서기 성몽량(成夢良)의 백부
이기도 하다. 성몽량은 일본 문사들과 필담을 하면서 백부가 남긴 글
을 구해 보았다. 그것은『임술사화집(壬戌使華集)』인데, 제 9차 사행 때
의 제술관 신유한(申維翰)은『해유록(海游錄)』에 이 "임술사화집(壬戌使
華集)"에는 시편과 필담이 상세히 적혀 있다고 기록하고 있다.

『조선인필담병증답시(朝鮮人筆談并贈答詩)』의 내용은 한국의 국립중
앙도서관에 소장된『조선인필담병증답시(朝鮮人筆談并贈答詩)』와 일부
내용이 중복된다. 국립중앙도서관의『조선인필담병증답시(朝鮮人筆談
并贈答詩)』는 웅곡료암(熊谷了菴), 농천창락(瀧川昌樂), 목하순암(木下順
菴)이 기록하였다. 필담 참여자는 조선측 인사로는 위의 세 사람 외에
안신휘(安愼徽)가 추가되었으며 일본측 인사로는 웅곡료암(熊谷了菴),
농천창락(瀧川昌樂), 목하순암(木下順菴)으로, 목하순암(木下順菴)만이 공
통된다.

조선인필담병증답시

천화(天和)[30] **2년 임술(壬戌, 1682)년 가을 8월**[31] **6일**

강호(江戶) 본서사(本誓寺)에서 조선인과 필담한 것 /목하순암(木下順菴)의 필담.

하늘과 땅처럼 남과 북으로 수륙(水陸)이 만 리나 떨어져 있는데, 여름을 지나 가을로 들어서는 길목에서 더위를 무릅쓰고 풍토병에 시달리며 노고가 많은 것을 제가 어찌 말로 다 표현할 수 있겠습니까? 다행히 금년에는 바람과 비가 때에 맞아 순조롭고 파도가 높지 않아 배가 다니기 쉽고 수레와 말이 잘 달렸기에 지나시는 여로(旅路)에 일이 어그러지지 않았으니, 개제(愷悌)[32]한 군자를 신이 도운 것입니다. 이것이 어찌 사신들만의 영광에 그치겠습니까? 실로 두 나라의 경사이니 지극히 축하할 일입니다.

---

30 천화(天和) : 일본 제112대 영원천황(靈元天皇)의 연호(1681-1684).
31 여기의 '8월'은 자료 11, 『조선인필담병증답시(朝鮮人筆談幷贈答詩)』에 '9월'로 되어 있다. 이외에 본 자료는 자료 11의 뒷부분과 자료 배열 순서만 다르고 내용은 거의 같다. 그리고 그 내용은 자료 15, 『목하순암고(木下順菴稿)』의 8월 26일자 기사와도 중복된다.
32 개제(愷悌) : 용모와 기상이 느긋하고 단아함을 뜻한다.

임술년 가을 9월 / 순암(順菴) 목정간(木貞幹)

나아와 우아한 모습을 대하고 보니 대인군자(大人君子)임을 알겠습니다만, 다만 각각 나랏말이 서로 통하지 않으니 서로 바라만 볼 뿐이었습니다. 지금 먼저 정중하게 안부를 물어봐 주시고 이어서 제가 산 넘고 물 건너 온 것을 위로하시어 편지의 말뜻이 간곡한 것이 10년 전의 친구와 같으시니 감사한 마음을 그칠 수 없습니다. 이것은 진실로 두 나라의 돈독한 수교의 힘에 말미암은 것입니다. 높은 덕으로 단련된 모습을 뵈오니 진실로 다행입니다.

공손하게 하리(下里)[33] 한 장을 엮어 취허공(翠虛公)[34]의 시 읊는 자리에 올리다
敬綴下里一章 以呈翠虛公吟壇

목정간(木貞幹)

| 문성(文星)이 시원하게 바다 동쪽에 보이더니 | 文星快覩海雲東 |
| 옥(玉)빛이 훈훈하니 훌륭한 군자의 풍도로다 | 玉色溫溫君子風 |

33하리(下里) : 저속한 시 또는 노래라는 뜻으로 자신의 시를 겸손하게 표현한 말. 초(楚)나라 때 대중적 노래인 '하리(下里)'와 '파인(巴人)'은 수천 명이 따라 부르더니, 고상한 '백설(白雪)'과 '양춘(陽春)'의 노래는 너무 어려워서 겨우 수십 명밖에 따라 부르지 못하더라는 이야기가 송옥(宋玉)의 〈대초왕문(對楚王問)〉에 나온다.

34취허공(翠虛公) : 성완(成琬, 1639-?)을 말한다. 본관은 창녕(昌寧). 자는 백규(伯圭), 호는 취허(翠虛). 1666년(현종 7) 병오(丙午) 식년시(式年試)에 진사(進士) 2등 8위로 합격하였다. 시에 뛰어나다는 이름이 있었으며, 관직이 찰방에 이르렀다. 문집에 『취허집(翠虛集)』이 있다.

붓이 천년이나 되었으나 역관은 아직 남아 있어　　毛穎千年舌猶在
신령한 무소뿔[35]인 듯 뜻이 먼저 통했네　　　　　靈犀一点意先通

중추(中秋) 하순(下旬) / 목정간 씀

삼가 순암이 보여주신 시에 차운하다
謹次順菴辱示韻

취허(翠虛)

박학(博學)의 규모 크고 빼어나 일본의 으뜸이니　　博學宏戈冠日東
반갑게 맞는 자리에서 고아한 풍도에 절하였네　　靑眸開處揖高風
나라 사람들이 추종하는 어진 스승과 제자이니　　邦人定服賢師第
수사(洙泗)[36]의 연원(淵源)은 만고에 통하누나　　洙泗淵源萬古通

이전 운(韻)을 거듭 써서 사종(詞宗)[37]이신 취허(翠虛)께 올리다
重用前韻 奉呈翠虛詞宗案下

순암(順庵)

---

35 영서(靈犀) : 영묘(靈妙)한 물소 뿔. 한 가운데에 구멍이 뚫려 있어 양쪽이 관통되었으므로, 두 사람의 의사(意思)가 서로 투합함을 비유한 말로 쓰인다. 당나라 이상은(李商隱)의 〈무제(無題)〉에 "몸에 채색 봉황의 한 쌍 날개는 없지만, 마음에는 신령한 물소 뿔 한 점의 밝음이 있어라.[身無彩鳳雙飛翼 心有靈犀一點明]" 한 데서 유래한다.

36 수사(洙泗) : 노나라 곡부(曲阜)에 있는 수수(洙水)와 사수(泗水)를 아울러 일컫는 말로, 공자가 이 지역에서 강학 활동을 하였기 때문에 유학(儒學)을 뜻하는 말이 되었다.

37 사종(詞宗) : 사백(詞伯). 시문(詩文)에 능(能)한 사람. 시문(詩文)의 대가(大家)를 높이어 일컫는 말.

문채 깃발 유유히 도(道)가 잠시 동쪽으로 오니	文旆悠悠道暫東
대아(大雅)[38] 같이 거룩하여 맑은 바람 우러르듯	穆如大雅仰淸風
계림(鷄林)[39] 벽수(壁水)[40]의 여러 인재 모여	鷄林壁水群英會
수수(洙水) 사수(泗水) 한 갈래로 통함을 보겠네	洙泗今看一派通

순암께 올리다
奉呈順庵案右

해월옹(海月翁)

원덕수(元德秀)[41]처럼 아름다운 모습 뵈니[42]	今逢德秀紫芝眉
문채(文彩)와 풍류가 한 시대에 우뚝하네	文彩風流擅一時
담담히 마음을 터놓고 기쁘게 서로 사귀니	湛然方寸欣相照
마땅히 문단(文壇)에서 시를 많이 짓겠네	宜唱騷壇萬首詩

---

38 대아(大雅) : 큰 정치를 말한 정악(正樂)의 노래.

39 계림(鷄林) : 조선을 가리킨다.

40 벽수(壁水) : 태학관(太學館)을 가리킨다. 고대 중국 천자의 태학인 벽옹(辟雍)의 사면에 물이 벽처럼 둘러 있었으므로 이렇게 말한 것이다.

41 원덕수(元德秀, 696~754) : 당(唐) 하남(河南) 사람. 자는 자지(紫芝).

42 자지미(紫芝眉) : 미목이 청수하고 아름다움. 원덕수는 평소에 행실이 뛰어나 천하 사람들이 모두 우러러 보았다. 서권(書卷)은 시렁에 가득했으나 벼슬에서 떠날 때는 짐수레를 타고 갔으며, 죽은 뒤에는 오직 목침(木枕)과 단표(簞瓢)뿐이었고 육십 평생에 여색을 가까이한 일이 없었다고 한다. 이에 재상인 방관(房琯)이 원덕수(元德秀)를 볼 때마다 감탄하며 이르기를, "저 보랏빛 영지같이 청수한 미목(眉目)을 대하면 그때마다 사람으로 하여금 명리(名利)에 관한 마음이 싹 가시게 만든다네."라고 하였다고 한다.

취허(翠虛) 사백(詞伯)⁴³에게 화답하다
和答翠虛詞伯

순암(順庵)

글자 써서 이야기 나누며 각자 눈 크게 뜨고	文談筆語各揚眉
흡족한 정으로 높은 당에 서로 대할 때	情洽高堂相對時
석목(析木)⁴⁴의 부상(扶桑)⁴⁵ 삼만리에서	析木扶桑三萬里
금낭(錦囊)⁴⁶에 맑은 시를 주워 담았네	錦囊收拾入淸詩

순암 사장(詞丈)에게 올리고 겸하여 제현(諸賢)에게 보임
奉呈順庵詞丈 兼示諸賢

취허(翠虛)

듣자니 강도(江都)⁴⁷에는 영웅들 묻혔다는데	聞說江都地埋雄
많은 창들 크게 떨쳐 옛사람의 풍도였겠지	群戈大振古人風
임랑(琳瑯)⁴⁸ 옥수(玉樹)⁴⁹ 교대로 빛나는 곳에	琳瑯玉樹交輝處

---

43 사백(詞伯) : 시문(詩文)에 능(能)한 사람. 시문(詩文)의 대가(大家)를 높여 일컫는 말.
44 석목(析木) : 십이지(十二支)의 동방(東方) 즉 인(寅)에 해당하는 성차(星次)이다. 지역으로는 흔히 요동 지방 또는 우리나라를 지칭하며 때로 일본을 가리키기도 하는데, 여기서는 일본을 뜻한다.
45 부상(扶桑) : 전설(傳說)에서, 동쪽 바다 속에 있다는 상상(想像)의 나라로, 일본을 뜻한다.
46 금낭(錦囊) : 시를 지어 담는 주머니를 뜻한다.
47 강도(江都) : 강호(江戶). 당시의 이름은 '에도'. 지금의 도쿄[東京]이다.
48 임랑(琳瑯) : 아름다운 구슬을 뜻하는 말로, 인재를 비유한다.
49 옥수(玉樹) : 아름다운 나무라는 뜻으로, 사람의 몸가짐이나 뛰어난 재능을 비유한다.

흰 구름 같은 고상한 운율 창공에 진동하네   白雲高韻動碧空

아름다운 시에 거듭 차운하여 취허(翠虛) 사장께 감사하다
重次瓊韻謝翠虛詞丈

순암(順庵) 목정간(木貞幹)

문장 원천 드넓은 조선 사신 웅걸하니   浩浩詞源韓客雄
한 번에 두 나라의 풍류를 같이 보네   一時同見兩邦風
이별한 후 소식 통할 것을 미리 기약하고   預期別後通音信
구름 속 울음소리 가리키며 먼 창공 바라보네   先指雲鳴望遠空

급히 율시 한 수를 지어 취허 성공께 올리다
辛賦一律 奉呈翠虛成公棐下

순암(順庵)

우뚝 솟은 나무꼭대기는 채색 노을에 닿았는데   卓犖高標拏彩霞
뛰어난 재주에다 더구나 흠도 없구나   英才況又玉無瑕
일찍 등과(登科)하여 가을 계수나무[50] 꺾고서   登科早折三秋桂

---

50 삼추계(三秋桂) : 남송(南宋) 때에 항주(杭州)가 수도(首都)였는데, 유영(柳泳)이 항주의 풍경을 읊은 사(詞)의 처음에, '삼추계자십리하화(三秋桂子十里荷花)'란 구절을 쓰고, 경치를 노래하였다. 그때, 금나라 황제 양(亮)이 그 사를 전해 듣고 항주를 점령할 생각을 내어 '군사 백만을 서호 위에 이끌고 오산 제일봉에 말을 세우리라(提兵百萬西湖上 立馬吳山第一峯)'는 시를 짓고 전란을 일으켰다고 한다.

사신 따라 멀리서 8월 뗏목 타고 왔네	隨使遙浮八月槎
붓 끝으로 나눈 필담은 지맥(地脈)을 통하고	筆下談論通地脈
가슴 속 생각을 천파(天葩)⁵¹처럼 토해내네	胸中萍思吐天葩
만났으니 어찌 말 다른 것을 한하겠나	相逢何恨方言異
사해(四海)에 유학은 절로 한 집안이니	四海斯文自一家

삼가 순암이 보여준 운에 차운하여 보내다
謹步順庵示韻却寄

월헌(月軒)⁵²

어린 나이에 생각이 기이하고 뜻이 무척 높으니⁵³	妙年奇思鬱青霞
초벽(楚璧)⁵⁴에는 한 점 티도 없음을 알겠네	楚璧從知欠点瑕
그림자는 함지(咸池)⁵⁵에 천 겹 파도 일으키고	影拂咸池千疊浪

---

51 천파(天葩) : 천연의 아름다운 꽃이란 뜻으로, 전하여 아름다운 시문(詩文)을 의미한다.

52 월헌(月軒) : 성완(成琬)의 호인 해월헌(海月軒)을 말한다.

53 청하(青霞) : 강엄(江淹)의 한부(恨賦)에 '울청하지기의(鬱青霞之奇意)'가 있는데, 선주(善注)에 "청하기의(青霞奇意)는 뜻이 높음을 말한다" 하였음.

54 초벽(楚璧) : 춘추시대 초(楚)나라 변화(卞和)가 얻은 옥인 화씨벽(和氏璧)을 가리킨다. 그가 형산(荊山)에서 직경이 한 자나 되는 박옥을 얻어 여왕(厲王)과 무왕(武王)에게 바쳤으나 옥을 감정하는 사람이 보고 돌이라 하여 두 발이 잘리고 말았다. 그 후 문왕(文王)이 즉위하자 화씨는 형산 아래서 박옥을 안고 사흘 밤낮을 울어 피눈물이 흘렸다. 문왕이 이 사실을 듣고 사람을 보내 "천하에 발이 잘린 사람이 많은데 그대만이 유독 이렇게 우는 것은 어째서인가?" 하고 묻자, 그가 대답하기를 "나는 발이 잘린 것을 슬퍼하는 게 아닙니다. 보배로운 옥을 돌이라 하고 곧은 선비를 미치광이라 하니, 이 때문에 내가 슬피 우는 것입니다." 하였다. 이에 왕이 옥공(玉工)을 시켜 박옥을 다듬게 하니 직경이 한 자나 되고 티 한 점 없는 큰 옥이 나왔다 한다.

몸은 박망후(博望侯)⁵⁶의 신령한 뗏목 따랐네　　　身隨博望一靈槎
맹생(孟生)은 일찍이 전(篆) 삼킨 것을 알았고⁵⁷　　孟生已識曾吞篆
강필(江筆)에 놀랍게도 다시 꽃 같은 글 써내네⁵⁸　江筆皆驚更吐葩
동도(東都)⁵⁹에서 만난 것은 실로 하늘의 도움이니　邂逅東都天實佑
바다 건너서 마침 대방가(大方家)⁶⁰를 보는구나　出涯方見大方家

비로소 훌륭한 모습을 뵙고 이미 반갑게 대해주심을 입으니 뛸 듯
이 기뻐서 못 짓는 시나마 지어서 감사의 표시로 삼가 올립니다.

---

55 함지(咸池) : 전설에서 해가 목욕한다는 하늘 위의 못으로, 곧 해가 지는 서쪽 바다를
말한다.
56 박망후(博望侯) : 장건(張騫). 그는 황하의 근원지를 밝히려고 뗏목을 타고 가다가 하
늘 궁전에 이르러 견우(牽牛)와 직녀(織女)를 만나고 왔다는 이야기가 장화(張華)의 《박
물지(博物志)》에 실려 있다. 장건은 한 무제(漢武帝) 때의 외교가이다. 처음에는 장수로
서, 흉노(匈奴) 정벌에 공을 세우고, 뒤에 서역(西域)에 사신 가서 중국과 교통하게 했다.
57 맹생(孟生)은 일찍이 전(篆)을 삼킨 것을 알았고 : 당나라 때 문인 한유(韓愈)가 젊은
시절에 꿈속에서 어떤 사람이 단전(丹篆) 한 권을 주면서 억지로 삼키게 하였는데, 그때
옆에 어떤 사람이 있다가 손바닥을 치며 웃었다. 한유가 꿈을 깨 보니, 뱃속에 무엇이
든 것을 알았는데 나중에 보니 맹교(孟郊)가 바로 그때 옆에 있다가 웃던 사람이었다고
한다는 이야기가 『이인전(異人傳)』에 전한다.
58 강필(江筆)에 모두 놀라는데 다시 꽃 같은 글 토해내네 : 양(梁) 나라 때 문장가인 강엄
(江淹)은 일찍이 곽박(郭璞)에게서 오색필(五色筆)을 받아 문명(文名)을 크게 떨쳤다고
한다.
59 동도(東都) : 동쪽 도읍이라는 뜻으로 강호(江戶), 곧 '에도'를 가리킨다. 지금의 도쿄
[東京]이다.
60 대방가(大方家) : 문장(文章)이나 학술(學術)이 뛰어난 사람.

창랑[61] 홍공께 드리다
滄浪洪公詞案

순암정간(順庵貞幹)

어찌하여 다른 나라에 와 시 동맹을 맺는가　　殊方何意作同盟
한번 만남에 속된 감정이 온통 다 없어지네　　一見渾消鄙吝情
지극한 맑음 다 모르고 정다운 말도 없었으나　未信至淸無友語
오늘 그대 만나 덕분에 더러워진 갓끈을 씻었네　憑君此日濯塵纓
임술년 가을 8월

삼가 순암공께서 보여주신 시에 차운하다
敬次順庵公辱示韻

창랑(滄浪)

시단(詩壇)을 주도하여 우두머리가 되었으니[62]　騷壇牛耳擅宗盟
맑고 깨끗하기가 천추 세월에 흰 눈 같네　　瀟洒千秋白雪情
봉황처럼 찬란하게 난새의 고운 빛 번득이며　燦若鳳凰鸞彩翻
천리마처럼 빼어나 긴 밧줄을[63] 벗어나네　　逸如騏驥脫長纓

---

61 홍세태(洪世泰 1653~1725)를 말한다. 본관은 남양(南陽). 자는 도장(道長), 호는 창랑 (滄浪)・유하(柳下). 의영고(義盈庫) 주부(主簿) 등을 지냈으며 저서로 『유하집(柳下集)』 이 있다.

62 주도하여 우두머리가 되다[牛耳] : 문단(文壇)의 주도권을 쥐었다는 뜻이다. 옛날 제후 (諸侯)들이 맹약(盟約)할 때 맹주(盟主)가 소의 귀를 잡고 그 귀를 베어 피를 마시고 맹세 한 고사(故事)에서 유래했다.

63 장영(長纓) : 한(漢)나라 간의대부(諫議大夫) 종군(終軍)이 긴 밧줄[長纓] 하나만 주면 남월(南越)의 왕을 묶어서 궐하(闕下)에 바치겠다고 말했다는 고사가 있다.

임술년 가을 8월

창랑 홍공께서 시 짓는 자리에 다시 올리다
再呈滄浪洪公吟榻

순암(順庵)

시단(詩壇)에 새롭게 오르니 옛 시 동맹 같고	新上騷壇似舊盟
오얏을 던졌는데 구슬로 보답하시니[64] 은혜 깊네	李投瓊報荷深情
화려한 글은 엄우(嚴羽)[65]의 시화(詩話)를 따랐으니	華從嚴羽繼詩話
부질없는 영화(榮華)도 말고삐도 부럽지 않네	不羨浮榮誇馬纓

순암 사백께 받들어 올리다
奉贈順庵詞伯

창랑(滄浪)

영화(榮華)를 싫어하여 제자백가(諸子百家)를 찾아	搜羅百氏咀英華
시단(詩壇)에 우뚝하여 절로 일가(一家) 이루었네	雄視騷壇自一家
공의 시 이미 익숙하게 들은 것 이상치 않으니	莫怪公詩聞已熟

---

64 오얏을 던졌는데 주옥으로 보답[李投瓊報] : 『시경(詩經)』 위풍(衛風) 모과(木瓜)의
"나에게 오얏을 보내 줌에, 주옥으로 보답하였네.[投我以木李 報之以瓊玖]"라는 말을
바꾸어 표현한 것으로, 자신의 시를 겸손하게 낮추며 상대방의 시를 칭찬해 준 말이다.

65 엄우(嚴羽) : 송(宋)나라 사람. 자는 의경(儀卿), 호는 창랑(滄浪). 송시(宋詩)를 산문
화하는 것에 반대하여 소식(蘇軾)이나 황정견(黃庭堅)에 불만을 표하였다. 저서에 『창랑
집(滄浪集)』·『창랑시화(滄浪詩話)』가 있다.

일찍이 문하(門下) 따라 후파(候芭)[66]를 알았다네   曾從門下識候芭

창랑 사형께 화답하여 올리다
奉和滄浪詞兄

순암(順庵)

계림(鷄林)의 영걸(英傑)이 지은 문장 뛰어나니   鷄林英傑壇文華
그 건필(健筆)은 훌륭한 작가라 부를 만하네   健筆可呼成作家
천 년 전의 자운(子雲)[67]의 모습 같으니   千載子雲公自在
어찌 태현경(太玄經)[68]의 후파(候芭)를 당하겠나   吾門何耐大玄芭

순암 사백에게 받들어 올리고 겸하여 자리의 여러분께 보이다
奉呈順庵詞伯　兼示座上諸君

창랑(滄浪)

산에는 기재(杞梓)[69] 많고 바다엔 구슬 많아   山多杞梓海多珠

---

66 후파(候芭) : 전한(前漢) 시대 양웅(揚雄)의 제자. 후파는 『태현경(太玄經)』과 『법언(法言)』을 전수(傳受)받아 이를 후세에 전하였으며, 양웅이 죽은 뒤에 심상(心喪) 3년을 입었다.

67 자운(子雲) : 한(漢)나라 성제(成帝) 때의 학자 양웅(揚雄). 자(字)는 자운(子雲). 박학다식하여 문장으로 이름을 떨쳤다. 『주역(周易)』을 본떠 『태현경(太玄經)』을 지었으며, 『논어(論語)』를 본떠 『법언(法言)』을 쓰는 등 많은 저서를 남겼다.

68 태현경(太玄經) : 양웅이 『주역(周易)』에 비기어 지은 책이다.

69 기재(杞梓) : 고리버들과 가래나무. 모두 유용한 재목이므로 우수한 인재를 일컫는다.

사물의 이치 유래 있어 진실로 속이는 법이 없네	物理由來信不誣
자리에 가득 찬 여러분들 모두 뛰어난 인재들이니	滿座諸公皆俊選
내 평생에 무슨 행운으로 유명한 도시에 들어왔나	此生何幸入名都

창랑 사장께 차운하다
次韻滄浪詞丈

순암(順庵)

붓 끝에는 만곡(萬斛)의 야광주(夜光珠)이니	毫端萬斛夜光珠
조선의 손님 큰 재주를 누가 또 모르겠나	韓客宏才誰又誣
모름지기 오경(五經)을 이어서 고취해야 하니	須爲五經賡鼓吹
이경의 부(賦) 마치면 또 삼도(三都)가 있다네[70]	二京賦了又三都

우연히 시를 완성하여 창랑 사백의 호기(豪氣)를 일으키다
偶爾成章 鼓動滄浪詞伯豪氣

순암(順庵)

넓고 넓은 세상을 위 아래로 훑어보니	磅礴乾坤俯仰中
고상한 사람의 장한 뜻에 생각이 무궁하네	高人壯志思無窮
하수(河水) 근원은 월지국(月支國)[71] 밖을 묻는데	河源欲問月支外

---

70 이경(二京)은 동경(東京)과 경도(京都), 삼도(三都)는 여기에 대판(大坂)을 포함한 것이다.
71 월지국(月支國) : 중국의 서역(西域)에 있는 왕국.

양곡(暘谷)[72]에서 일본 동쪽으로 손님이 왔네	暘谷耒賓日本東
자고로 청구(靑丘)[73]는 초택(楚澤)[74]을 삼켜서	自古靑丘吞楚澤
오늘까지 조선 문화 중국 영향을 받았네	至今鮮水接華風
구름과 연기는 종이가 되고[75] 바다는 벼루 되어	雲煙爲紙海爲硯
하늘에 붓이 높이 매달리니 긴 무지개 되었네	天筆高懸萬丈虹

순암(順菴) 사장(詞丈)의 융숭한 대접에 감사하며 차운하다
次謝順菴詞丈盛眷

창랑(滄浪)

한번 보고 형체를 잊은[76] 의기(意氣) 가운데	一見忘形意氣中
무릎 마주하고 앉아 문장 논하니 흥취가 무궁하네	論文促膝興無窮
배를 타고 멀리 개운(開雲) 포구에서 왔는데	乘槎遠自開雲口
옥 다듬어 석목(析木)의 동쪽[77]으로 지금 왔다네	拭玉今來析木東

---

72 양곡(暘谷) : 해가 처음 돋는 동쪽.

73 청구(靑丘) : 우리나라를 가리키는 말이다.

74 초택(楚澤) : 전국(戰國)시대 초(楚) 나라의 충신 굴원(屈原)이 참소를 만나 쫓겨나 못가에 다니며 읊어 「어부사(漁父辭)」를 지었는데, 여기에 "游於江潭 行吟澤畔"이라는 구절이 나온다.

75 운연(雲煙) : 구름과 연기(煙氣). 운치(韻致)가 있는 필적(筆跡)의 형용(形容). '초성(草聖)'으로 전해지는 장욱(張旭)의 글씨에 대해서 두보가 "한번 붓을 휘갈겨 종이 위에 쓰면 마치 구름이나 연기와 같다오[揮毫落紙如雲煙]"라고 묘사한 구절이 있다.

76 망형(忘形) : 물아(物我)를 초탈하는 것을 말한다. 『장자(莊子)』 양왕편에, "지(志)를 기르는 자는 형(形)을 잊게 되고, 형을 기르는 자는 이(利)를 잊게 되고, 도(道)에 이르는 자는 심(心)을 잊게 된다[養志者忘形 養形者忘利 致道者忘心矣]"라는 말이 있다.

77 석목(析木)의 동쪽 : 일본을 뜻한다. 석목은 요동 지방 또는 우리나라를 뜻한다.

손님 아끼는 여러분의 두터운 호의를 알겠으니　　愛客知君多厚誼
몽매함을 일깨움에 기꺼이 높은 풍모에 절하네　　擊蒙欣我挹高風
글 짓는 자리에서 취한 김에 다투어 붓을 휘두르니 當筵倚醉爭揮筆
맑은 하늘에 무지개 빛깔 찬란하구나　　　　　白日靑天爛彩虹
임술년 중추(仲秋)

개운(開雲)은 포구 이름인데, 부산 땅의 항구이다.

천화(天和)[78] 임술(壬戌, 1682) 8월 26일 목순암과 본서사(本誓寺)의 여관을 지나면서 조선의 학사인 성취허(成翠虛)[79] 및 홍창랑(洪滄浪)[80] 과 창화(唱和)하다

취허(翠虛) 성공(成公)의 책상에 올리다
奉呈翠虛成公案下
몽와굴정박(蒙窩堀正樸)[81]

계림(鷄林)의 문명이 발달한 것 부러워하였는데　　美見鷄林文物明
성균관(成均館)에 입학하고 관직에 오르셨네　　　成均開館共登瀛

---

78 천화(天和) : 일본 제 112대 영원천황(靈元天皇)의 연호(1681-1684).
79 성완(成琬, 1639-?)을 말한다.
80 홍세태(洪世泰 1653-1725)를 말한다.
81 몽와굴정박(蒙窩堀正樸) : 1627~1687. 안예주(安藝州)의 유학자. 유학자 굴행암[호리교안, 堀杏庵]의 손자이며 목하순암(木下順庵)의 사위이다.

| 천리(千里) 먼 길에 오른 자장(子長)[82]의 뜻이니 | 壯遊千里子長志 |
| 문장을 크게 떨쳐 으뜸가는 이름을 날리네 | 振起辭章第一名 |

공은 문형(文衡)의 선발에 뽑혀 성균관에 선발되었으니 가르침이 뛰어나고 풍부하여 용이 뛰고 봉황이 나는 것 같습니다. 큰 뜻을 품고 있는 명망 있는 사람과 우연히 만나니 그 기쁨을 이루 말할 수 있겠습니까? 촌스러운 말로 사례하고자 하니, 진실로 귀하의 귀를 더럽히는 잘못을 저지르게 되었습니다.

임술년 가을

몽와가 보여준 시에 감사하며 차운하다
次謝蒙窩示韻

취허(翠虛)

맑고 깨끗한 시편(詩篇)들에 눈이 밝아지니	洒落詩篇刮眼明
성대히 말 달려 봉래(蓬萊) 영주(瀛州)[83] 지나듯	奕如颷馭過蓬瀛
곤옥(崑玉)[84]을 품은 듯 광채 찬란하여	入懷崑玉光璀璨

---

82 자장(子長): 사마천(司馬遷). 자장은 사마천의 자(字). 사마천은 일찍이 남쪽의 강수(江水), 회수(淮水)로부터 북쪽의 양(梁)과 초(楚) 지방까지 두루 유람하였다. 송(宋)나라 소철(蘇轍)은 사마천이 천하의 대관(大觀)을 보고 호걸들과 교유하여 그의 문장이 툭 트이고 기이한 기운이 서려 있다고 평하였다.
83 봉래(蓬萊) 영주(瀛州) : 삼신산 가운데 둘을 말한다.
84 곤옥(崑玉) : 곤륜산(崑崙山)에서 나오는 아주 좋은 옥인데, 흔히 자질이 뛰어난 인재

강랑(江郎)의 오색 붓⁸⁵으로 큰 명성을 발휘하네 　　彩筆江郎擅大名

취허 성공 앞에 받들어 올리다
奉呈翠虛成公梧下

흑천현건(黑川玄建)⁸⁶

바다 건너 사신이 강호(江戶)⁸⁷ 해변에 이르니 　　仙槎通信武江濱

바야흐로 풍운(風雲) 일어 만날 때이네 　　方是風雲度會辰

한 점 사신 별 찬란한 빛 드러내니 　　一点使星文熖璨

오늘 해동(海東)에서 천하제일⁸⁸의 사람을 보네 　　海東今見斗南人

하늘이 기이한 인연을 내려주어 홀연히 봉황 같은 분을 만나 뵙게 되니 진실로 영광스럽습니다. 대충 거친 시를 지어서 그대에게 받들어 올렸는데, 생각건대 귀하께 욕이되는 허물이 깊어지는 것을 스스로 취한 것 같아 두렵습니다. 다만 바다 같이 품어주시기를 바랄 뿐입니다. 의재(義齋) 흑천현건(黑川玄建)이 받들어 씀.

를 가리키는 말로 쓰인다.

85 강랑(江郎)의 오색 붓 : 강랑은 남조(南朝) 양(梁) 나라 때 문장가 강엄(江淹)을 말한다. 일찍이 뛰어난 문장으로 유명하였으나, 꿈속에서 곽박(郭璞)에게 오색붓을 돌려준 뒤로는 재주가 상실되었다 한다.

86 일본 문사. 자세한 사항은 미상.

87 무강(武江) : 강호(江戶)의 다른 이름.

88 두남(斗南) : 천하제일인(天下第一人)을 뜻하는 말이다. 당(唐)나라 적인걸(狄仁傑)이 "북두 이남에서 오직 그 한 사람뿐이다[北斗以南 一人而已]"라는 평가를 받았다는 고사에서 유래한 것이다.

임술년 가을

의재의 시에 감사하며 차운하다
次謝義齋示韻

취허(翠虛)

옥(玉)같고 금(金)같은 형제를 바닷가에서 만났으니	玉季金崑遇海濱
여행 중의 시기가 바로 좋은 계절에 해당하네	客中光景屬良辰
다행히 최고의 선비를 만나 맑은 대화 이루니	淸談幸接無雙士
누구라 동방의 제일인 사람을 알아보랴	誰識東方第一人

△ 조선국왕이 일본에 보낸 선물

매[鷹]	10마리
말[馬] 안장 도구를 갖추어[鞍具俱]	2필
호피(虎皮)	15장
표피(豹皮)	2장
청피(靑皮)[89]	30매
어피(魚皮)[90]	100본(本)
대륜자(大綸子)	10필
대단자(大段子)[91]	10필

---

89 청피(靑皮) : 푸른 귤의 껍질.

90 어피(魚皮) : 상어의 껍질. 이것을 말리고 잘 갈아서 군도(軍刀)의 자루나 칼집 또는 안경집 따위에 붙여서 씀.

백조포(白照布)[92]	20권
대조포(大照布)	20권
유포(油布)[93]	20권
청밀(淸蜜)[94]	10병
황밀(黃蜜)[95]	100근
인삼(人蔘)	50근
색지(色紙)	20권
색필(色筆)	50자루
참먹	

△ 세 사신의 선물

수자(繻子)[96]	5권
백조포(白照布)	10필
호피(虎皮)	5매
화석(花席)[97]	5장
황모필(黃毛筆)[98]	20본

---

91 대단자(大段子) : 유자(襦子)보다 윤이 더 나고 색실로 무늬를 넣어 짠 비단이다.
92 백조포(白照布) : 백저포(白苧布). 12승포(升布)의 제품이다.
93 유포(油布) : 기름과 찰흙을 먹인 천.
94 청밀(淸蜜) : 꿀.
95 황밀(黃蜜) : 벌통에서 떠낸 그대로의 꿀.
96 수자(繻子) : 수자직으로 된 비단의 한 종류. 천의 면이 매끄럽고 광택이 남.
97 화석(花席) : 꽃의 모양(模樣)을 놓아 짠 돗자리.
98 황모필(黃毛筆) : 쪽제비 꼬리털로 맨 붓.

유매묵(油煤墨)[99]   10정(梃)

△ 별폭

일본에서 조선국왕에게 보내는 선물

창[鎗][100]	100자루
살금시회(撒金蒔繪)[101] 안장 도구	20장
금지화(金地畵) 병풍(屛風)	20쌍
살금시회(撒金蒔繪) 광개(廣蓋)	10매
채문복(綵紋服)	50벌
백은(白銀)	1000매
월전면(越前綿)	100파(把)

천화(天和) 2년

1. 중국인 통역은 조선말과 네덜란드 말을 아우른다.

1. 황벽산(黃檗山)[102] 통역관의 말 불사(佛事)에 부리는 사람들이 줄지어 앉는

순서를 붙임.

---

99 유매묵(油煤墨) : 기름 그을음으로 만든 먹.

100 견(鎗) : 창(鎗)의 속자.

101 시회(蒔繪 마키에) : 일본 칠공예의 장식법 중 하나. 장식하고자 하는 면에 옻으로 문양을 그리고 그 위에 금·은·주석 가루나 색가루를 뿌려 굳히는 것이다. 보통 옻칠을 한 바탕 위에 장식을 하지만 칠하지 않은 바탕 등에도 응용된다.

102 황벽산(黃檗山) : 중국 복건성에 있던 절인데, 에도 시대에 일본으로 전파되어 일본 황벽종이 되었다. 이곳에서 스님들이 통역을 겸하였다.

△ 師父尊號叫甚麼

キサマノヲンナヲバナニトカモウスゾト云コトナリ

'사부(師父)의 존호(尊號)는 무엇입니까?'라는 말이다.

△ 直日不相見

此中ハヒサシクオンメニカカラズト云コトナリ

'요즘은 오랫동안 뵙지 못했다'는 말이다.

△ 好來

能ゴザツタト云コトナリ

'잘 오셨다'는 말이다.

△ 這裡來

ココエコイト云コトナリココエキタレト云コトナリ

'여기에 오라', 또는 '여기에 와라'는 말이다.

△ 汝歇在那裏

ソナタハドコニゴザルゾト云コトナリ

'당신은 어디에 있습니까?' 라는 말이다.

△ 久不曾來看

ヒサシクココエゴザラント云コトナリ

'오랫동안 여기에 오지 않았다'는 말이다.

△ 那裏行

ドコエユクソト云コトナリ

'어디로 갑니까?' 하는 말이다.

△ 有事行

用アリテユクナリ有事ハ用アルナリ

'볼일이 있어서 간다.'는 말이다. '有事'는 '볼일이 있다'는 말이다.

△ 這裏持來

　　ココエモチテコイト云コトナリ

　　'여기에 가지고 오라'는 말이다.

△ 會寫字

　　モノカクコトナリ

　　'글씨를 쓸 수 있다는 것'을 말한다.

△ 不會寫字

　　モノカカヌ人ノコトナリ

　　'글씨를 쓸 수 없는 사람'[103]을 말한다.

△ 汝喫酒麼

　　ソナタハサケノムカト云コトナリ

　　'당신은 술 마시겠는가?' 하는 말이다.

△ 喫酒

　　酒ノムコトヲ云ナリ

　　'술을 마신다'는 말이다.

△ 喫飯

　　メシクウコトナリ

　　'밥 먹는다'는 말이다.

△ 喫茶

　　茶ヲノムコト

---

103 '글씨를 쓸 수 없다.'고 번역된다.

'차 마시는 것'

△ 打齊

御トキノコトナリ

'안마해주다'라는 말이다.

△ 僧家

出家ノコトナリマリトモ云朝鮮コトバナリ

'출가'를 말한다. '마리'라고도 한다. 조선말이다.

△ 俗家

俗人ノコトナリ

'속인'이라는 말이다.

△ 頭目

侍ノコトナリ

'무사'를 말한다.

△ 本將

大將コトナリ

'대장(大將)'을 말한다.

△ 來往

ユキキスルコトナリ

'왕래하는 것'을 말한다.

1. 5음(音)[104]이 서로 통하는 치음(齒音)과 설음(舌音). 구전(口傳) 있음.

---

104 5음(音) : 일본의 발음 체계 오음(五音)을 말한다.

△ 今日

ケフトイウコトナリ

'오늘'이라는 말이다.

△ 病好麽

氣相ハヨイカト云コトナリ

'기분은 좋은가'라는 말이다.

△ 困了

苦勞シテクタヒレタルト云コトナリクルシムト云コトナリ

'수고해서 피곤하다, 괴롭다'는 말이다.

△ 睡了

寝ルコトナリ又ネフルコトナリ

'자다, 또는 재우다'는 말이다.

△ 有病

ワヅライアルト云コトナリ

'병이 있다'는 말이다.

△ 冷行

コトノホカノサムサナリキツウサムイト云コトナリ

'의외로 춥다, 대단히 춥다'는 말이다.

△ 熱行

ツヨウアツイト云ナリコトノホカノアツサナリ

'매우 뜨겁다, 의외로 뜨거움'을 말한다.

△ 好行

ヨイト云事テキンハ付字助語字ナリ

'좋다'는 말이다. '行'은 글자에 붙는 조어자(助語字)이다.

△ 起來了

ヲキヨト云コト又ヲキテコイトモ云コトナリ

'일어나라 또는 일어나서 와라'는 말이다

△ 洗浴 又 洗澡

上下共ギヤウズイスルナリ湯アブルコトナリ

둘 다 '목욕하다, 또는 더운 물로 몸을 씻다.'라는 말이다.

△ 醫生

醫者ノコトナリ

'의사(醫師)'를 말한다.

△ 下頭

中間下部小者ノコトナリ

'중간, 부하, 종자(從子)'를 말한다

△ 百姓

百姓ノコトナリ

'백성'을 말한다.

△ 男子

ヲトコノコトナリ

'남성'을 말한다.

△ 女人

ヲンナノコトナリ

'여성'을 말한다.

△ 畜生

チクシャウト云コトナリ

'짐승'을 말한다.

△ 水魚

ウヲノコトナリ

'물고기'를 말한다.

△ 鳥

トリノコトナリ

'새'를 말한다.

△ 鳥鴉

カラスノコトナリ

'까마귀'를 말한다.

△ 蠟燭

ラウソクノコトナリ

'촛불'을 말한다.

△ 菓子

クワシノコトナリ

'과자'를 말한다.

△ 茱湯

汁ノコトナリ

'국'을 말한다.

△ 醬油

シャウユノコトナリ

'간장'을 말한다.

△ 酢

酢ノコトナリ

‘식초’를 말한다.

△ 餠

モチノコトナリ

‘떡’을 말한다.

△ 餠粿

ダンゴノルイ皆ヒンゴト云ナリ

떡의 부류를 모두 ‘병과(餠粿)’라고 한다.

△ 素麪

ソウメンノコトナリ

‘국수’를 말한다.

△ 飯

メシノコトナリ

‘밥’을 말한다.

△ 豆腐

トウフノコトナリ

‘두부’를 말한다.

△ 松菰

松茸ノコトナリ

‘송이버섯’을 말한다.

△ 蘿葍

大根ノコトナリ

'무'를 말한다.

△ 菁菜

　萬ノ野菜ノコトナリ又ソエテ食菜ナリ

　'모든 야채, 또는 곁들여 먹는 채소'를 말한다.

△ 紙

　カミノコトナリ

　'종이'를 말한다.

△ 屛風

　ヒヤウブノコトナリ

　'병풍'을 말한다.

△ 石硯

　ススリノコトナリ

　'벼루'를 말한다.

△ 吹煙管

　キセルノコトナリ

　'담뱃대'를 말한다.

△ 煙草

　タバコノコトナリ

　'담배'를 말한다.

황벽산 법사가 부리는 사람들이 (앉는) 순서

서쪽 자리		화상(和尙)		동쪽 자리			
수좌(首座)	1	100		도감사	당중	소집사	객위

서당(西堂)	2	99	감사(監寺)	
후당(後堂)	3	5	유나(維那)	
당주(堂主)	4	8	부사(副寺)	
서기(書記)	6	9	곡좌(曲座)	
장주(藏主)	7	12	직세(直歲)	
지객(知客)	10	14	열중(悅衆)	
지욕(知浴)	11			
방장시자(方丈侍者)				

朝鮮人筆談幷贈答詩

天和二 壬戌之秋 八月[1] 六日

《於江戸本誓寺與朝鮮人筆談》[2] /木下順菴 筆談

天南地北, 水陸萬里, 經夏渡秋, 冒暑衝瘴, 賢勞辛勒, 更僕何罄? 幸是今年, 風雨時若, 海波不揚, 舟楫之利涉, 車馬之載馳, 乘危過險, 事不失素, 愷悌之君子, 神之所扶。豈只使華之榮[3]? 實惟兩國之慶, 至祝。

壬戌之秋九月[4] /順菴木貞幹

卽對雅範, 知其大人君子人也。第邦音不通, 只自目擊而已。今承先訊之鄭重, 且慰不佞之跋涉, 書意縷縷, 有同十年前故舊, 感戢無已。此誠由於兩國敦修之力, 獲覿長德之陶儀, 寔可幸也。[5]

---

1 여기의 '8월은' 자료 11, 『조선인필담병증답시(朝鮮人筆談幷贈答詩)』에 '9월'로 되어 있다. 이외에 본 자료는 자료 11의 뒷부분과 자료 배열 순서만 다르고 내용은 거의 같으며 자료 15. 『목하순암고(木下順菴稿)』의 8월 26일자 기사와도 중복된다.

2 이 아래 부분은 『목하순암고(木下順菴稿)』의 앞 부분과 중복된다.

3 원문에는 '榮'이 누락되었으나, 『목하순암고(木下順菴稿)』에 의거하여 보충하였다.

4 『목하순암고』에는 '秋八月下浣'으로 되어 있다.

5 『목하순암고』에는 여기에 '翠虛'라고 작자가 명기되어 있다. 그리고 그 아래 취허(翠

《敬綴下里一章 以呈翠虛公吟壇》

文星快覩海雲東，玉色溫溫君子風。毛穎千年舌猶在，靈犀一点意
先通。

仲秋下浣 /木貞幹稿

《謹次順菴辱示韻》

博學宏戈冠日東，靑眸開處揖高風。邦人定服賢師第，洙泗淵源萬
古通。/翠虛

《重用前韻 奉呈翠虛詞宗案下》

文旆悠悠道暫東，穆如大雅仰淸風。鷄林壁水群英會，洙泗今看一
派通。/順庵

《奉呈順庵案右》

今逢德秀紫芝眉，文彩風流擅一時。湛然方寸欣相照，宜唱騷壇萬
首詩。/海月翁又稿

《和答翠虛詞伯》

文談筆語各揚眉，情洽高堂相對時。析[6]木扶桑三萬里，錦囊收拾入
淸詩。/順庵

虛) 성완(成琬)과 창랑(滄浪) 홍세태(洪世泰)의 대화가 빠지고, 이어지는 목하순암의 대
화인 "弊門人柳剛。過蒙稱譽。感佩實深。如不肖。箕斗虛名。謬洿高聽。慙悚何言"이
누락되었다.

6 원문은 '折'이나 『목하순암고』의 '析'을 따른다.

《奉呈順庵詞丈 兼示諸賢》
聞說江都地埋雄, 群戈大振古人風。琳瑯玉樹交輝處, 白雲高韻動碧空。/翠虛

《重次瓊韻 謝翠虛詞丈7)》
浩浩詞源韓客雄, 一時同見兩邦風, 預期別後通音信, 先指雲鳴望遠空。/順庵木貞幹

《卒賦一律奉呈 翠虛成公棐下》
卓犖高標拳彩霞, 英才況又玉無瑕。登科早折三秋桂, 隨使遙浮八月槎。筆下談論通地脈, 胸中萍思吐天葩。相逢何恨方言異, 四海斯文自一家。/順庵具艸

《謹步順庵示韻却寄》
妙年奇思鬱靑霞, 楚璧從知欠点瑕。影拂咸池8千疊浪, 身隨博望一靈槎。孟生已識曾吞篆, 江筆皆驚更吐葩。邂逅東都天實佑, 出涯方見大方家。/月軒走稿
始接紫眉, 旣蒙靑眄, 欣躍之深, 謹呈俚詞以謝。

《滄浪洪公詞案》
殊方何意作同盟, 一見渾消鄙吝情。未信至淸無友語, 憑君此日濯塵纓。/順庵貞幹稿9
壬戌秋八月

7 『목하순암고』에는 '詞丈'이 '詞兄'으로 되어 있다.
8 원문은 '感地'이나 『목하순암고』의 '咸池'를 따른다.
9 『목하순암고』에는 '壬戌秋八月 順庵本貞幹稿'로 되어 있다.

《敬次順庵公辱示韻》

騷壇牛耳擅[10]宗盟，瀟洒千秋白雪情。燦若鳳凰鸞彩翻，逸如騏驥脫長纓。

壬戌仲秋　/滄浪謹稿

《再呈滄浪洪公吟榻[11]》

新上騷壇似舊盟，李投瓊報荷深情。華從嚴羽繼詩話，不羨浮榮誇馬纓。/順庵稿

《奉贈順庵詞伯》

搜羅百氏咀英華，雄視騷壇自一家。莫怪公詩聞已熟，曾從門下識候芭。/滄浪謹稿

《奉和滄浪詞兄》

鷄林英傑壇文華，健筆可呼成作家。千載子雲公自在，吾門何耐《大玄》芭。/順庵

《奉呈順庵詞伯　兼示座上諸君》

山多杞梓海多珠，物理由來信不誣。滿座諸公皆俊選，此生何幸入名都。/滄浪稿

《次韻滄浪詞丈[12]》

毫端萬斛夜光珠，韓客宏才誰又誣。須爲五經賡鼓吹，二京賦了又

10　원문은 ‘壇’이나 『목하순암고』의 ‘擅’을 따른다.
11　원문의 여기에 있는 ‘新上’은 『목하순암고』에 의하면 연문이어서 삭제하였다.
12　원문은 ‘文’이나 『목하순암고』의 ‘丈’을 따른다.

三都。/順庵艸

《偶爾成章　鼓動滄浪詞伯豪氣》

磅礴乾坤俯仰中，高人壯志思無窮。河源欲問月支外，暘谷耒賓日本東。自古靑丘吞楚澤，至今鮮水接華風。雲煙爲紙海爲硯，天筆高懸萬丈虹。/順庵稿

《次謝順菴詞丈[13]盛眷》

一見忘形意氣中，論文促膝興無窮。乘槎遠自開雲口，拭玉今來析木東。愛客知君多厚誼，擊蒙欣我挹高風。當筵倚醉爭揮筆，白日靑天爛彩虹。

壬戌仲秋　/滄浪謹稿

開雲，浦名。釜山，地開洋處也。

天和　壬戌　八月　念六日　與木順菴　過本誓寺旅館　與朝鮮學士　成翠虛　及洪滄浪　唱和

《奉呈翠虛成公案下》

羨見鷄林文物明，成均開館共登瀛。壯遊千里子長志，振起辭章第一名。

公膺文衡，選司成均，敎詭詭蔚蔚，龍躍鳳翔。泰計之望，萍水之遇，曷勝欣抃？謝以俚語，眞以汚嚴聽爲罪。/蒙窩堀正樸稿

壬戌秋

13　원문은 ‘文’이나 『목하순암고』의 ‘丈’을 따른다.

《次謝蒙窩示韻》

洒落詩篇刮眼明，奕如飆馭過蓬瀛。 入懷崑玉光璀璨，彩筆<u>江郎</u>擅¹⁴斷大名。/<u>翠虛</u>

《奉呈翠虛成公梧下》

仙槎通信<u>武江</u>濱，方是風雲度會辰。一点使星文熖璨，海東今見斗南人。

天錫奇綠，忽諧鳳覿，榮華固多。漫作燕詩，奉呈左右，唯恐于瀆高明，自取辜負之深，纔祈海涵。/義齋 <u>黑川玄建</u>奉稿

壬戌秋

《次謝義齋示韻》

玉季金崑遇海濱，客中光景屬良辰。清談幸接無雙士，誰識東方第一人。/<u>翠虛</u>

△ 從朝鮮國王遭贈日本御進物

鷹	十居
馬 鞍具俱	二匹
虎皮	十五張
豹皮	二張
靑皮	三十枚
魚皮	百本

---

14 원문은 '壇'이나 문맥상 '擅'으로 바로잡는다.

大綸子　　十匹

大段子　　十匹

白照布　　二十卷

大照布　　二十卷

油布　　　二十卷

青蜜　　　十壺

黃蜜　　　百斤

人蔘　　　五十斤

色紙　　　二十卷

色筆　　　五十抦

眞墨　　　五十笏

△ 同三使御進物

繻子　　　五卷

白照布　　十匹

虎皮　　　五枚

花席　　　五張

黃毛筆　　二十本

油煤墨　　十梃

△ 別幅從日本遭爲贈朝鮮國王御進物

鑓　百柄

撒金蒔繪鞍具　二十裝

金地畫屏風　　二十雙

撒金蒔繪廣蓋　拾枚

綵紋服	五十領
白銀	千枚
越前錦	百把

天和貳年

一．唐人口通事 并朝鮮言葉 阿蘭陀言葉

一．黃檗山通事言葉 付法事列座役者之次第

△ 師父尊號叫甚麼
　　キサマノヲンナヲバナニトカモウスゾト云コトナリ

△ 直日不相見　此中ハ

△ 好來　　　　能ゴザツタト云コトナリ

△ 這裡來　　　ココエコイト云コトナリココエキタレト云コトナリ

△ 汝歇在那裏　ソナタハドコニゴザルゾト云コトナリ

△ 久不曾來看　ヒサシクココエゴザラント云コトナリ

△ 那裏行　　　ドコエユクソト云コトナリ

△ 有事行　　　用アリテユクナリ有事ハ用アルナリ

△ 這裏持來　　ココエモチテコイト云コトナリ

△ 會寫字　　　モノカクコトナリ

△ 不會寫字　　モノカカヌ人ノコトナリ

△ 汝喫酒麼　　ソナタハサケノムカト云コトナリ

△ 喫酒　　　　酒ノムコトヲ云ナリ

△ 喫飯　　　　メシクウコトナリ

△ 喫茶　　　　茶ヲノムコト

△ 打齊　　　　御トキノコトナリ

△ 僧家　　　出家ノコトナリマリトモ云朝鮮コトバナリ

△ 俗家　　　俗人ノコトナリ

△ 頭目　　　侍ノコトナリ

△ 本將　　　大將コトナリ

△ 來往　　　ユキキスルコトナリ

一。五音相通齒音舌音有口傳

△ 今日　　　ケフトイウコトナリ

△ 病好麼　　氣相ハヨイカト云コトナリ

△ 困了

　苦勞シテクタヒレタルト云コトナリクルシムト云コトナリ

△ 睡了　　　寝ルコトナリ又ネフルコトナリ

△ 有病　　　ワヅライアルト云コトナリ

△ 冷行　　　コトノホカノサムサナリキツウサムイト云コトナリ

△ 熱行　　　ツヨウアツイト云ナリコトノホカノアツサナリ

△ 好行　　　ヨイト云事テキンハ付字助語字ナリ

△ 起來了　　ヲキヨト云コト又ヲキテコイトモ云コトナリ

△ 洗浴　又　洗澡

　上下共ギヤウズイスルナリ湯アブルコトナリ

△ 醫生　　　醫者ノコトナリ

△ 下頭　　　中間下部小者ノコトナリ

△ 百姓　　　百姓ノコトナリ

△ 男子　　　ヲトコノコトナリ

△ 女人　　　ヲンナノコトナリ

△ 畜生　　　チクシャウト云コトナリ

△ 水魚　　　ウヲノコトナリ

△ 鳥　　　　トリノコトナリ

△ 鳥鴉　　　カラスノコトナリ

△ 蠟燭　　　ラウソクノコトナリ

△ 菓子　　　クワシノコトナリ

△ 茶湯　　　汁ノコトナリ

△ 醬油　　　シャウユノコトナリ

△ 酢　　　　酢ノコトナリ

△ 餅　　　　モチノコトナリ

△ 餅粿　　　ダンゴノルイ皆ヒンゴト云ナリ

△ 素麪　　　ソウメンノコトナリ

△ 飯　　　　メシノコトナリ

△ 豆腐　　　トウフノコトナリ

△ 松菰　　　松茸ノコトナリ

△ 蘿芋　　　大根ノコトナリ

△ 菁菜　　　萬ノ野菜ノコトナリ又ソエテ食菜ナリ

△ 紙　　　　カミノコトナリ

△ 屛風　　　ヒヤウブノコトナリ

△ 石硯　　　スズリノコトナリ

△ 吹煙管　　キセルノコトナリ

△ 煙草　　　タバコノコトナリ

黃檗山法事役者之次第

西序　　　和尚　　　　東序

首座　　一　百　　　都監寺　堂衆　小執事　客位

西堂	二	九十九	監寺
後堂	三	五	維那
堂主	四	八	副寺
書記	六	九	曲座
藏主	七	十二	直歲
知客	十	十四	悅衆
知浴	十一		
方丈侍者			

【영인】

一壬戌之秋八月六月

本哲寺與朝鮮人筆談木下順菴筆
談

水陸万里經發渡秋目暑衝瘴勞辛

乾坤使我何聲幸是今年風雨時若海波不揚舟楫

之利涉專焉之轍馳乗危過險事不失素
使華之賓惟　両國
懾悌

之君子　神之所扶豈只

之慶　至祝

壬戌之秋八月
雅範知其
大人君子人也茅邨音不通
即對
只宜目撃而已今美
先訊之鄭重且慰不俟之
順菴木貞幹

中山文庫

跋涉書意纏々有同十年新故舊感敢無已此誠

由於 兩國敦修之力雙觀長德之陶儀詎可事

也

敬綴下里一章以呈　　翠虛公吟壇

文星快覩海雲東王色溫々君子風毛穎千年古

猶在靈岸一点意先通

仲秋下浣

　　　　　　　　木貞幹稿

謹次 韻

順卷　屛示韻

博學宏戈冠月東畫弉開巇揖高風邪人定服賢

師第洙泗淵源万古通

　　　　　　　　翠虛

重用前韻奉呈　翠虛詞宗　案下

文沛悠々道寶東移如大雅仰清風鷄林壁水蓁　順庵

英會沫泗今省一沆瀣

今逢德秀兟之眉文彩風流壇一時港然芳寸飲　海月翁又橋

奉呈　順庵　案右

相照宜唱騷壇萬首詩

和答　翠虛詞伯

文談筆語各揚眉情冷高堂相對時折木扶桑二　順庵

萬里錦囊收拾入淸詩

奉呈　順庵詞丈入豪示　諸賢

聞說江都地埋雄群戈大振古人風琳瑯玉樹束

煙處白雲高韵動碧空

重次　瓊韻　謝　翠虛詞丈
　　　　　　　　　　　翠虛

浩浩詞源聲客雄一時同見兩邦風預期別後通
　　　　　　　　　　　　　　順庵木貞幹

音信先指雲鳴鞏遠空

平賦一律奉呈　翠虛成公棐下

卓犖高標拳彩霞英戈况文玉無瑕登科早折三

秋桂隨使遙浮八月槎筆下談論通地脉胸中萍

思吐天葩相逢何恨方言異四海斯文自一家
　　　　　　　　　　　　　順庵　具州

謹步　順庵　示韻却寄

妙年奇思聲名靄楚璧従知次点瑕影拂感地于

嘗浪身隨博望一靈橖孟生已識曾希蒙江筆曽

驚更世能邂逅東都天實佈出淮方見大方家

月軒走橋

沧浪洪公　詞案

始接紫眉既蒙　青眄吹嘘之深邃呈俚詞以謝

殊方何意作同盟一見渾消鄙吝情未信至玉清無

友語愚君此月濯塵纓

壬戌秋八月

順庵貞幹走橋

敬次　順庵公　辱示韻

騷壇牛耳壇宗盟瀟洒千秋自雪情懷右鳳凰臺

彩翻逸如駿驥脫長纓

壬戌仲秋

滄浪謹稿

再呈滄浪洪公　吟榻　新上

新上騷壇秘首盟李投瓊報荷深情莫從嚴羽綸

詩話不羹浮宋誇馬纓

順庵稿

奉贈　順庵　詞伯

搜羅百氏咀英華雄視騷壇自一家莫怪公詩聞

已熟曾從閛下識候芭

滄浪謹稿

奉和　滄浪詞兄

鷄林英傑壇文華健筆可呼成作家千載子雲公

自在吾門何耐太玄芭

奉呈順庵詞伯兼示座上　諸君　順庵

山多杞梓海多珠物理由來信不誣蒲座諸公皆　滄浪稿

傻逸此生何幸入吾都

次韻　滄浪詞丈

亳端万斛夜光珠韓客宏才誰又誣頎爲五經懷

鼓吹二京賦又三都

偶爾成章鼓動　滄浪詞伯豪氣　順庵艸

磅礴乾坤俯仰中高人壯志思無窮河源欲問月

支外賜谷秀眉月本東自古青丘吞楚澤至今鮮

水接峯風雲煙爲紙海爲硯天筆高懸万丈虹

順庵橋

次謝　順菴詞人　盛著

一見忘形意氣中論文促膝興無窮菜椏迷自開

雲口拭玉今秊折木東愛客知君多厚誼擊家伙

我把高風當建倚醉爭揮筆白日青天爛彩虹

壬戌仲秋　　滄浪謹稿

關雲浦名金山地開津處也

天和壬戌八月念六日與木順菴過本拉旨寺旅

館與朝鮮學士成翠虛及洪滄浪唱和

奉呈

翠虛成公　案下

羨見雞林文物明成爲開館共登龐壯遊千里子

長志振起辞章第一名　公齊文衡選司　成爲

教誤々蔚々龍躍鳳翔泰計之藝萍水之遇爲勝

欽抃謝以俚語其以污　嚴聽爲罪

蒙窩堀正樸穚

壬戌狄

次謝　蒙窩　示韻

洒落詩篇刮眼明奕如颷馭過蓬瀛入懷崑玉光

璀璨彩筆江卽壇大名　　　　翠虛

奉呈　翠虛成公梧下

仙槎過信武江濱方是風雲際會辰一点使星文

瓊瑤海東今見計吾人　天錫奇縁忽諧　鳳覩

榮幸回多漫作蕪詩奉呈　左右唯恐干瀆　高

明身取　雲雹之深縱祈海涵

壬戌秋　　　　　　義齋黑川玄達奉橋

次謝　義齋　示韻

玉季金崑遇海濆客中光景屬良辰清談筆接鮫

雙士誰識東方第一人

翠虛

△從朝鮮國王遺贈日本御進物

鷹　鞴具俱　十聯

馬　二匹

虎皮　十五張

豹皮　二十張

青皮　三十枚

黄皮　百本

大綸子　十疋

大段子　十疋

白照布　二十卷

大照布

油布

青蜜

真蜜

人參

色紙

色筆

真墨

繻子

△同二使御進物

二十卷

二十卷

十壜

百斤

五十斤

二十卷

五十柄

五十笏

五卷

△別幅從其本遺為贈朝鮮國王御進物

白照布 十匹

虎皮 五枚

花席 五張

黄毛筆 二十本

油煤墨 十挺

鏈 百柄

撒金蒔繪鞍具 二十裝

金地畫屏風 二十雙

撒金蒔繪廣盖 拾枚

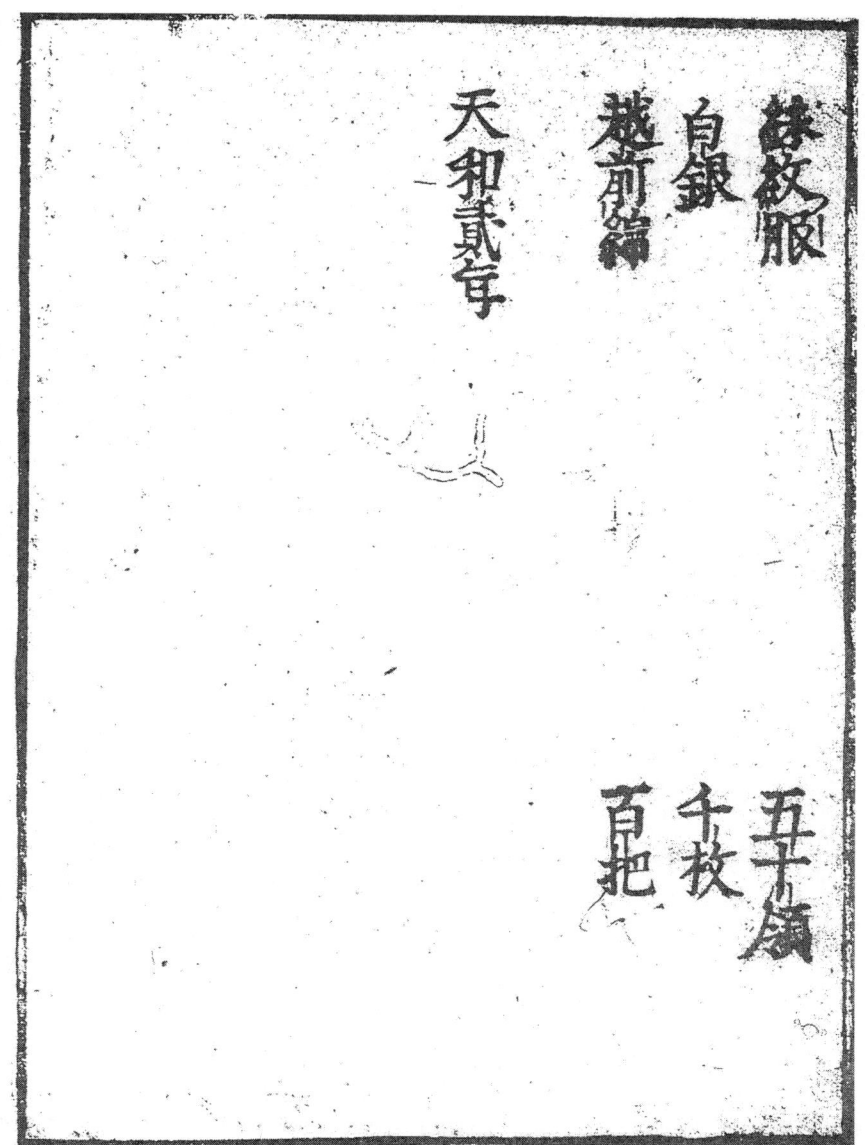

絲紋服
白銀
越前綿

天和貳亥

五十領
千枚
百把

一、唐人口通事并朝鮮言葉阿蘭陀言葉
　　什法事列遞役者之差防

一、黄檗山通事言葉

△ 師父尊體甚麼
　常ハヒサンクラシメ力ラスヨコトニ

△ 真月不相見
　帝ハヒサンクラシメ力ラスヨコト二

△ 好久不来
　能ぶサツタ二云コトナリ

△ 汝歌種来
　コヱライト云コトニヱキタレト云コト二

△ 汝不在那裏人
　ソナタハドコニゴザルゾドナヱコトナリ

△ 久不曾来曽
　ヒサンクニヱゴザランド云コトナリ

△ 那裏行
　ドヨユクソトニ云コトナリ

△ 有事行
　用アリテユクゾ有事ハ用アルナリ

△　△　△　△　△　△　△　△　△　△

俗家リ　儞家ト　打甫　奧料　奧飯　汝ニ奧酒蓋　不會奇字　會奇字　遣意持來リ

マエモチテコイト子コトナリ

モノカ丈ハノコトナリ

ヲタザケノ盃カトヱコト

酒ヲ合ナラフニヱナリ

メシクウコトナリ

茶ヲノムコト

飲トキノコトナリ

出家ノコトニシリトモ云朝鮮コトバ

俗人ノコトナリ

△　頭目　　侍ノコトナリ

△　本将　　大将ノコトナリ

△　末将　　ユキスルコトナリ

△　一五音相通酱音舌音有口傳

△　今月よ　ケフトイウコトシ

△　病好麼　氣相ハヨイカトスコトナリ

△　困アリ　音カシテクタ（ニ）レタルトヨトシクレシコトシ

△　騒げり　復ルコト又子アルトスコトシ

△　有病　　クツシテイアルトスコトナリ

△　冷行　　コウ水カサ（ニ）キツウサム（イ）上云（フ）

△　△　△　△　△　△　△　△　△　△

畜生　女人　百字　下頭　賢室　洗浴　起来　好行　熱行

洗澡

ヨウアツイトヲコトスルタノアツキ之

ヨイトヲ事テキン付字助壽字ナリ

ヲキヨト五ト女ヲキエコイトヽヨ三上

賢キヤウズイスレ湯アブコトナリ

賢者ノコトナリ

中間下部弁者ノコトナリ

百姓ノコトナリ

ヲクノコトナリ

シナクコトナリ

チクシヤウ上云コトナリ

△　△　△　△　△　△　△　△　△　△

餅　餅　酢　醬　菜　菓　蠟　鳥　鳥　水
　　　　　油　湯　子　燭　鴉　　魚

ウヲノコトナリ

トリノコトナリ

カラスノコトナリ

ラウソクノコトナリ

クワシノコトナリ

汁ノコトナリ

シャウチノコトナリ

酢ノコトナリ

モチノコトナリ

タンゴノルイ皆ヒシゴトニ亭リ

△　△　△　△　△　△　△　△　△　△

素麺　飯　豆腐　松茸　蘿蔔　菁菜　紙　海楓　石硯　吹煙管

ソウメンノコトナリ

メシノコトナリ

トウフノコトナリ

松茸ノコトナリ

大根ノコトナリ

萬ノ野菜ノコトナリ

カミノコトナリ

ビヤウブノコトナリ

スリノコトナリ

キセルノコトナリ

△煙草
　　野廿

タバコノコトリ

黄檗山法事役者之次第

西序　首座後堂　書記兼知客

和尚

東序　堂衆　小挑事　客位

조선후기 통신사 필담창화집
번역총서를 간행하면서

20세기 초까지 한자(漢字)는 동아시아 사회의 공동문자였다. 국경의 벽이 높아서 사신 외에는 국제적인 교류가 불가능했지만, 문자를 통한 교류는 활발했다. 중국에서 간행된 한문 전적이 이천년 동안 계속 한국과 일본을 비롯한 주변 나라에 전파되었으며, 사신의 수행원들은 상대방 나라의 말을 못해도 상대방 문인들에게 한시(漢詩)를 창화(唱和)하여 감정을 전달하거나 필담(筆談)을 하며 의사를 소통했다.

동아시아 삼국이 얽혀 싸웠던 임진왜란이 7년 만에 끝난 뒤, 조선에 군대를 파견하였던 중국과 일본은 각기 왕조와 정권이 바뀌었다. 중국에는 이민족인 청나라가 건국되고 일본에는 도쿠가와 막부가 세워졌다. 조선과 일본은 강화회담이 결실을 맺어 포로도 쇄환하고 장군이 계승할 때마다 통신사를 파견하여 외교를 회복했지만, 청나라와에도 막부는 끝내 외교를 회복하지 못하고 단절상태가 계속되었다. 일본은 조선을 통해서 대륙문화를 받아들일 수밖에 없었고, 그 방법 중 하나가 바로 통신사를 초청 때에 시인, 화가, 의원 등의 각 분야 전문가를 초청하는 것이었다.

오백 명 규모의 문화사절단 통신사

연암 박지원은 천재시인 이언진(李彦瑱, 1740~1766)이 11차 통신사 수행원으로 일본에 다녀온 지 2년 만에 세상을 뜨자, 이를 애석히 여겨「우상전」을 지었다. 그 첫머리에 일본이 조선에 다양한 전문가들로 구성된 문화사절단을 파견해 달라고 요청한 사연이 실려 있다.

일본의 관백(關白)이 새로 정권을 잡자, 그는 저축을 늘리고 건물을 수리했으며, 선박을 손질하고 속국의 여러 섬들을 깎아서 자기 소유로 만들었다. 그 밖에도 기재(奇才)·검객(劍客)·궤기(詭技)·음교(淫巧)·서화(書畵)·문학 같은 여러 분야의 인물들을 서울로 모아들여 훈련시키고 계획을 갖추었다. 그런 지 몇 달 뒤에야 우리나라에 사신을 파견해 달라고 요청하였는데, 마치 상국(上國)의 조명(詔命)을 기다리는 것처럼 공손하였다.

그러자 우리 조정에서는 문신 가운데 3품 이하를 골라 뽑아서 삼사(三使)를 갖추어 보냈다. 이들을 수행하는 사람들도 모두 말 잘하고 많이 아는 자들이었다. 천문·지리·산수·점술·의술·관상·무력으로부터 퉁소 잘 부는 사람, 술 잘 마시는 사람, 장기나 바둑 잘 두는 사람, 말을 잘 타거나 활을 잘 쏘는 사람에 이르기까지, 한 가지 기술로 나라 안에서 이름난 사람들은 모두 함께 따라가게 되었다. 그런데 이들 가운데서도 문장과 서화를 가장 중요하게 여기지 않을 수가 없었다. 왜냐하면 그들은 조선 사람의 작품 가운데 한 글자만 얻어도 양식을 싸지 않고 천리 길을 갈 수 있기 때문이었다.

도쿠가와 이에하루(德川家治)가 쇼군을 계승하자 일본 각 분야의 대표적인 인물들을 에도로 불러들여 조선 사절단 맞을 준비를 시킨 뒤,

"마치 상국의 조서를 기다리는 것처럼 공손하게" 조선에 통신사를 요청하였다. 중국과 공식적인 외교가 단절되었으므로, 대륙문화를 받아들이기 위해 조선을 상국같이 모신 것이다. 사무라이 국가 일본에는 과거제도가 없기 때문에 한문학을 직업삼아 평생 파고든 지식인들이 적어서, 일본인들은 조선 문인의 문장과 서화를 보물같이 여겼다.

조선에서도 국위를 선양하기 위해 여러 분야의 문화 전문가들을 선발하여 파견했는데, 『계림창화집(鷄林唱和集)』이 출판된 8차 통신사(1711년) 때에는 500명을 파견했다. 당시 쓰시마에서 에도까지 왕복하는 동안 일본인들이 숙소마다 찾아와 필담을 나누거나 한시를 주고받았는데, 필담집이나 창화집은 곧바로 출판되어 널리 읽혔다. 필담 창화에 참여한 일본 지식인은 대륙의 새로운 지식을 얻었을 뿐만 아니라, 일본 사회에서 전문가로서의 위상도 획득하였다.

8차 통신사 때에 출판된 필담 창화집은 현재 9종이 확인되었으며, 필담 창화에 참여한 일본 문인은 250여 명이나 된다. 이는 7차까지 출판된 필담 창화집을 모두 합한 것보다 훨씬 많은 수인데, 통신사 파견이 100년 가까이 되자 일본에서도 한문학 지식인 계층이 두터워졌음을 알 수 있다. 8차 통신사에 참여한 일행 가운데 2명은 기행문을 남겼는데, 부사 임수간(任守幹)이 기록한 『동사록(東槎錄)』이나 역관 김현문(金顯門)이 기록한 또 하나의 『동사록』이 조선에 돌아와 남에게 보여주기 위해 일방적으로 쓴 글이라면, 필담 창화집은 일본에서 조선과 일본의 지식인들이 마주앉아 함께 기록한 글이다. 그러기에 타인의 눈을 통해 자신의 모습을 객관적으로 볼 수 있다.

16권 16책의 방대한 분량으로 다양한 주제를 정리한 『계림창화집』

에도막부 초기의 일본 지식인은 주로 승려였기에, 당연히 승려들이 통신사를 접대하고, 필담에 참여하였다. 그 다음으로 유자(儒者)들이 있었는데, 로널드 토비는 이들을 조선의 유학자와 비교해 "일본의 유학자는 국가에 이용가치를 인정받은 일종의 전문 지식인에 지나지 않았다"고 규정하였다. 그 가운데 상당수는 의원이었으므로 흔히 유의(儒醫)라고 하는데, 한문으로 된 의서를 읽다보니 유학에도 관심을 가지게 된 것이다. 이노 작스이(稻生若水)가 물고기 한 마리를 가지고 제술관 이현과 서기 홍순연 일행을 찾아가서 필담을 나눈 기록이 『계림창화집』 권5에 실려 있다.

> 이　현 : 이 물고기는 우리나라의 송어입니다. 조령의 동남 지방에 많이 있어, 아주 귀하지는 않습니다.
>
> 홍순연 : 이 물고기는 우리나라의 농어와 매우 닮았습니다. 귀국에도 농어가 있는지 모르겠지만, 이것과 같지 않습니까? 농어가 아니라면 내가 아는 물고기가 아닙니다.
>
> 남성중 : 이 물고기는 우리나라 송어입니다. 연어와 성질이 같으나 몸집이 작으며, 우리나라 동해에서 납니다. 7-8월 사이에 바다에서 떼를 지어 강으로 올라가는데, 몸이 바위에 갈려 비늘이 다 떨어져 나가 죽기까지 하니 그 성질을 모르겠습니다.

그는 일본산 물고기의 습성을 자세히 설명하고 조선에도 있는지 물었지만, 조선 문인들은 이 방면의 전문가들이 아니어서 이름 정도나

추정했을 뿐이다. 홍순연은 농어라고 엉뚱하게 대답하기까지 하였다. 조선 문인이라면 모든 것을 알 수 있을 것이라고 기대했기에 생긴 결과인데, 아직 의학필담으로 분화되기 이전의 형태다. 이 필담 말미에 이노 작스이는 이런 기록을 덧붙여 마무리했다.

『동의보감』을 살펴보니 "송어는 성질이 태평하고 맛이 달며 독이 없다. 맛이 진기하고 살지다. 색은 붉으면서 선명하다. 소나무 마디 같아서 이름이 송어이다. 동북쪽 바다에서 난다"고 하였다. 지금 남성중의 대답에 『동의보감』의 설명을 참고하니, '鮏'은 송어와 같은 것이다. 그러나 '송어'라는 이름은 조선의 방언이지, 중화에서 부르는 이름이 아니다. 『팔민통지(八閩通志)』(줄임)『해징현지(海澄縣志)』등의 책에 모두 송어가 실려 있으나, 모습이 이것과 매우 다르다. 다른 종류인데, 이름이 같을 뿐이다.

기록에서 보듯, 이노 작스이는 다수의 의견에 따라 이 물고기를 '송어'라고 추정한 후, 비교적 자세한 남성중의 대답과『동의보감』의 기록을 비교하여 '송어'로 결론 내렸다. 그런 뒤에 조선의 '송어'가 중국의 송어와 같은 것인지 확인하기 위해 중국의 여러 지방지를 조사한 후, '송어'는 정확한 명칭이 아니라 그저 조선의 방언인 것으로 결론지었다. 양의(良醫) 기두문(奇斗文)에게는 약초를 가지고 가서 필담을 시도하였다.

稻生若水 : 이 나뭇잎은 세 개의 뾰족한 끝이 있고 겨울에 시들지 않으며, 봄에 가느다란 꽃이 핍니다. 열매의 크기는 대두만하고, 모여서 둥글게 공처럼 되며, 생길 때는 파랗고, 익으면 자흑색이 됩니다. 나무

에 진액이 있어 엉기면 향이 나고, 색이 붉습니다. 이름은 선인장 나무
입니다. (줄임)

　　기두문 : 이것이 진짜 백부자(白附子)입니다.

　제술관이나 서기들이 경험에 의존해 대답한 것과 달리, 기두문은
의원이었으므로 자신의 지식을 바탕으로 확실하게 대답하였다. 구지
현박사의 연구에 의하면 이노 작스이는 『서물류찬(庶物類纂)』이라는
박물지를 편찬하기 위해 방대한 자료를 수집·고증하고 있었는데, 문
화 선진국 조선의 문인에게 서문을 부탁하여, 제술관 이현이 써 주었
다. 1,054권이나 되는 일본 최대의 백과사전에 조선 문인이 서문을 써
주어 권위를 얻게 된 것이다.

출판사 주인이 상업적인 출판을 위해 직접 필담에 참여하다

　초기의 필담 창화집은 일본의 시인, 유학자, 의원 등 전문 지식인이
번주(藩主)의 명령이나 자신의 정보욕, 명예욕에 따라 필담에 나선 결
과물이지만, 『계림창화집』 16권 16책은 출판사 주인이 직접 전국 각
지역에서 발생한 필담 창화 원고들을 수집하여 출판한 것이다. 따라
서 필담 창화 인원도 수십 명에 이르며, 많은 자본을 들여서 출판하였
다. 막부(幕府)의 어용 서적을 공급하던 게이분칸(奎文館) 주인 세오겐
베이(瀨尾源兵衛, 1691~1728)가 21세 청년의 몸으로 교토지역 필담에 참
여해 『계림창화집』 권6을 편집하고, 다른 지역의 필담 창화 원고까지
모두 수집해 16권 16책을 출판했을 뿐 아니라, 여기에 빠진 원고들까

지 수집해『칠가창화집(七家唱和集)』10권 10책을 출판하였다.

『칠가창화집』은『계림창화속집』이라고도 불렸는데, 7차 사행 때의 최대 필담 창화집인『화한창수집(和韓唱酬集)』4권 7책의 갑절 규모에 해당한다. 규모가 이러하니 자본 또한 막대하게 소요되어, 고쇼모노도코로(御書物所)인 이즈모지 이즈미노죠(出雲寺 和泉掾) 쇼하쿠도(松栢堂)와 공동 투자하여 출판하였다. 게이분칸(奎文館)에서는 9차 사행 때에도『상한창화훈지집(桑韓唱和塤篪集)』11권 11책을 출판하여, 세오겐베이(瀬尾源兵衛)는 29세에 이미 대표적인 출판업자로 자리매김하게 되었다. 그러나 안타깝게도 38세에 세상을 떠나, 더 이상의 거질 필담 창화집은 간행되지 못했다.

필담창화집 178책을 수집하여 원문을 입력하고 번역한 결과물

나는 조선시대 한문학 연구가 조선 국경 안의 한문학만이 아니라 국경 너머 오가며 외국인들과 주고받은 한자 기록물까지 연구해야 한다는 생각으로, 첫 번째 박사논문을 지도하면서 '통신사 필담창화집'을 과제로 주었다. 구지현 선생은 1763년에 파견된 11차 통신사 구성원들이 기록한 사행록 9종과 필담창화집 30종을 수집하여 분석했는데, 박사학위를 받은 뒤에도 필담창화집을 계속 수집하여 2008년 한국학술진흥재단의 토대연구에『조선후기 통신사 필담창수집의 수집, 번역 및 데이터베이스 구축』이라는 과제를 신청하였다. 이 과제를 진행하면서 우리 팀에서 수집한 필담창화집 178책의 목록과, 우리가 예상한 작업진도 및 번역 분량은 다음과 같다.

1) 1차년도(2008. 7.~2009. 6.) : 1607년(1차 사행)에서 1711년(8차 사행)까지

연번	필담창화집 책 제목	면 수	1면 당 행수	1행 당 글자 수	예상되는 원문 글자 수
001	朝鮮筆談集	44	8	15	5,280
002	朝鮮三官使酬和	24	23	9	4,968
003	和韓唱酬集首	74	10	14	10,360
004	和韓唱酬集一	152	10	14	21,280
005	和韓唱酬集二	130	10	14	18,200
006	和韓唱酬集三	90	10	14	12,600
007	和韓唱酬集四	53	10	14	7,420
008	和韓唱酬集(결본)				
009	韓使手口錄	94	10	21	19,740
010	朝鮮人筆談幷贈答詩(國圖本)	24	10	19	4,560
011	朝鮮人筆談幷贈答詩(東京都立本)	78	10	18	14,040
012	任處士筆語	55	10	19	10,450
013	水戶公朝鮮人贈答集	65	9	20	11,700
014	西山遺事附朝鮮使書簡	48	9	16	6,912
015	木下順菴稿	59	7	10	4,130
016	鷄林唱和集1	96	9	18	15,552
017	鷄林唱和集2	102	9	18	16,524
018	鷄林唱和集3	128	9	18	20,736
019	鷄林唱和集4	122	9	18	19,764
020	鷄林唱和集5	110	9	18	17,820
021	鷄林唱和集6	115	9	18	18,630
022	鷄林唱和集7	104	9	18	16,848
023	鷄林唱和集8	129	9	18	20,898
024	觀樂筆談	49	9	16	7,056
025	廣陵問槎錄上	72	7	20	10,080
026	廣陵問槎錄下	64	7	19	8,512
027	問槎二種上	84	7	19	11,172

028	問槎二種中	50	7	19	6,650
029	問槎二種下	73	7	19	9,709
030	尾陽倡和錄	50	8	14	5,600
031	槎客通筒集	140	10	17	23,800
032	桑韓醫談	88	9	18	14,256
033	辛卯唱酬詩	26	7	11	2,002
034	辛卯韓客贈答	118	8	16	15,104
035	辛卯和韓唱酬	70	10	20	14,000
036	兩東唱和錄上	56	10	20	11,200
037	兩東唱和錄下	60	10	20	12,000
038	兩東唱和後錄	42	10	20	8,400
039	正德韓槎諭禮	16	10	18	2,880
040	朝鮮客館詩文稿(내용·중복)	0	0	0	0
041	坐間筆語附江關筆談	44	10	20	8,800
042	七家唱和集－班荊集	74	9	18	11,988
043	七家唱和集－正德和韓集	89	9	18	14,418
044	七家唱和集－支機閒談	74	9	18	11,988
045	七家唱和集－朝鮮客館詩文稿	48	9	18	7,776
046	七家唱和集－桑韓唱酬集	20	9	18	3,240
047	七家唱和集－桑韓唱和集	54	9	18	8,748
048	七家唱和集－客館縞紵集	83	9	18	13,446
049	韓客贈答別集	222	9	19	37,962
예상 총 글자수					589,839
1차년도 예상 번역 매수 (200자원고지)					약 8,900매

2) 2차년도(2009. 7.~2010. 6.) : 1719년(9차 사행)에서 1748년(10차 사행)까지

연번	필담창화집 책 제목	면수	1면 당 행수	1행 당 글자 수	예상되는 원문 글자 수
050	客館璀璨集	50	9	18	8,100
051	蓬島遺珠	54	9	18	8,748
052	三林韓客唱和集	140	9	19	23,940
053	桑韓星槎餘響	47	9	18	7,614

054	桑韓星槎答響	106	9	18	17,172
055	桑韓唱酬集1권	43	9	20	7,740
056	桑韓唱酬集2권	38	9	20	6,840
057	桑韓唱酬集3권	46	9	20	8,280
058	桑韓唱和塤篪集1권	42	10	20	8,400
059	桑韓唱和塤篪集2권	62	10	20	12,400
060	桑韓唱和塤篪集3권	49	10	20	9,800
061	桑韓唱和塤篪集4권	42	10	20	8,400
062	桑韓唱和塤篪集5권	52	10	20	10,400
063	桑韓唱和塤篪集6권	83	10	20	16,600
064	桑韓唱和塤篪集7권	66	10	20	13,200
065	桑韓唱和塤篪集8권	52	10	20	10,400
066	桑韓唱和塤篪集9권	63	10	20	12,600
067	桑韓唱和塤篪集10권	56	10	20	11,200
068	桑韓唱和塤篪集11권	35	10	20	7,000
069	信陽山人韓館倡和稿	40	9	19	6,840
070	兩關唱和集1권	44	9	20	7,920
071	兩關唱和集2권	56	9	20	10,080
072	朝鮮人對詩集1권	160	8	19	24,320
073	朝鮮人對詩集2권	186	8	19	28,272
074	韓客唱和/浪華唱和合章	86	6	12	6,192
075	和韓唱和	100	9	20	18,000
076	來庭集	77	10	20	15,400
077	對麗筆語	34	10	20	6,800
078	鳴海驛唱和	96	7	18	12,096
079	蓬左賓館集	14	10	18	2,520
080	蓬左賓館唱和	10	10	18	1,800
081	桑韓醫問答	84	9	17	12,852
082	桑韓鏘鏗錄1권	40	10	20	8,000
083	桑韓鏘鏗錄2권	43	10	20	8,600
084	桑韓鏘鏗錄3권	36	10	20	7,200
085	桑韓萍梗錄	30	8	17	4,080
086	善隣風雅1권	80	10	20	16,000
087	善隣風雅2권	74	10	20	14,800
088	善隣風雅後篇1권	80	9	20	14,400

089	善隣風雅後篇2권	74	9	20	13,320
090	星軺餘轟	42	9	16	6,048
091	兩東筆語1권	70	9	20	12,600
092	兩東筆語2권	51	9	20	9,180
093	兩東筆語3권	49	9	20	8,820
094	延享五年韓人唱和集1권	10	10	18	1,800
095	延享五年韓人唱和集2권	10	10	18	1,800
096	延享五年韓人唱和集3권	22	10	18	3,960
097	延享韓使唱和	46	8	14	5,152
098	牛窓錄	22	10	21	4,620
099	林家韓館贈答1권	38	10	20	7,600
100	林家韓館贈答2권	32	10	20	6,400
101	長門戊辰問槎상권	50	10	20	10,000
102	長門戊辰問槎중권	51	10	20	10,200
103	長門戊辰問槎하권	20	10	20	4,000
104	丁卯酬和集	50	20	30	30,000
105	朝鮮筆談(元丈)	127	10	18	22,860
106	朝鮮筆談1권(河村春恒)	44	12	20	10,560
107	朝鮮筆談1권(河村春恒)	49	12	20	11,760
108	韓客對話贈答	44	10	16	7,040
109	韓客筆譚	91	8	18	13,104
110	韓人唱和詩	16	14	21	4,704
111	韓人唱和詩集1권	14	7	18	1,764
112	韓人唱和詩集1권	12	7	18	1,512
113	和韓文會	86	9	20	15,480
114	和韓唱和錄1권	68	9	20	12,240
115	和韓唱和錄2권	52	9	20	9,360
116	和韓唱和附錄	80	9	20	14,400
117	和韓筆談薰風編1권	78	9	20	14,040
118	和韓筆談薰風編2권	52	9	20	9,360
119	鴻臚傾蓋集	28	9	20	5,040
예상 총 글자수					723,730
2차년도 예상 번역 매수 (200자원고지)					약 10,850매

3) 3차년도(2010. 7.～ 2011. 6.) : 1763년(11차 사행)에서 1811년(12차 사행)까지

연번	필담창화집 책 제목	면수	1면당 행수	1행당 글자수	예상되는 원문 글자수
120	歌芝照乘	26	10	20	5,200
121	甲申槎客萍水集	210	9	18	34,020
122	甲申接槎錄	56	9	14	7,056
123	甲申韓人唱和歸國1권	72	8	20	11,520
124	甲申韓人唱和歸國2권	47	8	20	7,520
125	客館唱和	58	10	18	10,440
126	鷄壇嚶鳴 간본 부분	62	10	20	12,400
127	鷄壇嚶鳴 필사부분	82	8	16	10,496
128	奇事風聞	12	10	18	2,160
129	南宮先生講餘獨覽	50	9	20	9,000
130	東渡筆談	80	10	20	16,000
131	東槎餘談	104	10	21	21,840
132	東游篇	102	10	20	20,400
133	問槎餘響1권	60	9	20	10,800
134	問槎餘響2권	46	9	20	8,280
135	問佩集	54	9	20	9,720
136	賓館唱和集	42	7	13	3,822
137	三世唱和	23	15	17	5,865
138	桑韓筆語	78	11	22	18,876
139	松菴筆語	50	11	24	13,200
140	殊服同調集	62	10	20	12,400
141	快快餘響	136	8	22	23,936
142	兩東鬪語乾	59	10	20	11,800
143	兩東鬪語坤	121	10	20	24,200
144	兩好餘話상권	62	9	22	12,276
145	兩好餘話하권	50	9	22	9,900
146	倭韓醫談(刊本)	96	9	16	13,824
147	倭韓醫談(寫本)	63	12	20	15,120
148	栗齋探勝草1권	48	9	17	7,344
149	栗齋探勝草2권	50	9	17	7,650
150	長門癸甲問槎1권	66	11	22	15,972

151	長門癸甲問槎2권	62	11	22	15,004
152	長門癸甲問槎3권	80	11	22	19,360
153	長門癸甲問槎4권	54	11	22	13,068
154	萍遇錄	68	12	17	13,872
155	品川一燈	41	10	20	8,200
156	表海英華	54	10	20	10,800
157	河梁雅契	38	10	20	7,600
158	和韓醫談	60	10	20	12,000
159	韓客人相筆話	80	10	20	16,000
160	韓館應酬錄	45	10	20	9,000
161	韓館唱和1권	92	8	14	10,304
162	韓館唱和2권	78	8	14	8,736
163	韓館唱和3권	67	8	14	7,504
164	韓館唱和續集1권	180	8	14	20,160
165	韓館唱和續集2권	182	8	14	20,384
166	韓館唱和續集3권	110	8	14	12,320
167	韓館唱和別集	56	8	14	6,272
168	鴻臚摭華	112	10	12	13,440
169	鷄林情盟	63	10	20	12,600
170	對禮餘藻	90	10	20	18,000
171	對禮餘藻(明遠館叢書 57)	123	10	20	24,600
172	對禮餘藻(明遠館叢書 58)	132	10	20	26,400
173	三劉先生詩文	58	10	20	11,600
174	辛未和韓唱酬錄	80	13	19	19,760
175	接鮮瘖語(寫本)1	102	10	20	20,400
176	接鮮瘖語(寫本)2	110	11	21	25,410
177	精里筆談	17	10	20	3,400
178	中興五侯詠	42	9	20	7,560
예상 총 글자수					786,791
3차년도 예상 번역 매수 (200자원고지)					약 11,800매

1차년도에는 하우봉(전북대) 교수와 유경미(일본 나가사키국립대학) 교수를 공동연구원으로 하여 고운기, 구지현, 김형태, 허은주, 김용흠 박

사가 전임연구원으로 번역에 참여하였다. 3년 동안 기태완, 이지양, 진영미, 김유경, 김정신, 강지희 박사가 연구원으로 교체되어, 결국 35,000매나 되는 번역원고를 마무리하였다.

　일본식 한문이 중국식 한문과 달라서 특히 인명이나 지명 번역이 힘들었는데, 번역문에서는 독자들이 읽기 쉽도록 한국식 한자음으로 표기하고, 첫 번째 각주에서만 일본식 한자음을 표기하였다. 원문을 표점 입력하는 방법은 고전번역원에서 채택한 방법을 권장했지만, 번역자마다 한문을 교육받고 번역해온 과정이 다르기 때문에 재량을 인정하였다. 원본 상태를 확인하려는 연구자를 위해 영인본을 뒤에 편집하였는데, 모두 국내외 소장처의 사용 승인을 받았다.

　원문과 번역문을 합하여 200자원고지 5만 매 분량의『조선후기 통신사 필담창화집 번역총서』를 12,000면의 이미지와 함께 편집하고 4차에 나누어 10책씩 출판하는 과정이 복잡하고 힘들었기에, 연세대학교 정갑영 총장에게 편집비 지원을 신청하였다.『조선후기 통신사 필담창수집 번역본 30권 편집』정책연구비(2012-1-0332)를 지원해주신 정갑영 총장에게 감사드린다.

　『조선후기 통신사 필담창화집 번역총서』를 편집하는 과정에 문화재청으로부터『통신사기록 조사 및 번역, 데이터베이스 구축』연구용역을 발주받게 되어, 필담창화집을 비롯한 통신사 관련 기록을 세계기록유산으로 등재하는 작업에 참여하게 된 것도 기쁜 일이다. 통신사 관련 기록들이 모두 데이터베이스로 구축되어 국내외 학자들이 한일문화교류, 나아가서는 동아시아문화교류 연구에 손쉽게 참여하게 된다면『통신사 필담창화집 번역총서』의 사명을 다하는 것이라고 생각한다.

조선후기 통신사가 동아시아 문화교류 연구에 중요한 이유는 임진왜란 이후에 중국(청나라)과 일본의 단절된 외교를 통신사가 간접적으로 이어주었기 때문이다. 통신사 필담창화집 번역총서 60권 출판이 마무리되면 조선후기에 한국(조선)과 중국(청나라) 지식인들이 주고받은 척독집 40여 권도 데이터베이스로 구축하여, 일본에서 조선을 거쳐 청나라로 이어지는 '동아시아 문화교류의 길' 데이터베이스를 국내외 학자들에게 제공하고자 한다.

▌ 강지희(姜志喜)

1973년 서울 출생.
성균관대학교 한문학과 및 동 대학원 졸업. 문학박사.
민족문화추진회 국역연수원 수료.
현재 선문대학교 인문과학연구소 연구교수.
주요 논저
『국역 당시삼백수(唐詩三百首)』(공역, 전통문화연구회, 2008)
「퇴계의 '화도집음주이십수'에 나타난 도연명 수용 양상」(동방한문학 제44집, 2010)
「조선시대 통신사들의 포은 정몽주 인식」(포은학연구 제11집, 2013)

▌ 김유경(金裕卿)

1961년 서울 출생.
숙명여자대학교 국어국문학과 및 연세대학교 대학원 졸업. 문학박사.
민족문화추진회 국역연수원 수료.
현재 연세대학교 국학연구원 전문연구원.
주요 논저
『세책고소설 월왕전·김진옥전·김홍전』(이회문화사)
『식민지시기 한시자료집』(공저, 성균관대학교 대동문화연구원)
『향가의 깊이와 아름다움』(공저, 보고사)
『향가의 수사와 상상력』(공저, 보고사)
『한국문학과 여성』(공저, 국학자료원) 등이 있다.

조선후기 통신사 필담창화집 번역총서 7
朝鮮人筆談并贈答詩

2013년 7월 26일 초판 1쇄 펴냄

역 자 강지희·김유경
발행인 김흥국
발행처 도서출판 보고사

등록 1990년 12월 13일 제6-0429호
주소 서울특별시 성북구 보문동7가 11번지 2층
전화 922-5120~1(편집), 922-2246(영업)
팩스 922-6990
메일 kanapub3@naver.com
http://www.bogosabooks.co.kr

ISBN 979-11-5516-062-6 94810
　　　979-11-5516-055-8 (세트)
ⓒ 강지희·김유경, 2013

정가 20,000원

이 도서의 국립중앙도서관 출판시도서목록(CIP)은 서지정보유통지원시스템 홈페이지
(http://seoji.nl.go.kr)와 국가자료공동목록시스템(http://www.nl.go.kr/kolisnet)에
서 이용하실 수 있습니다. (CIP제어번호: CIP2013012712)